L'Arcipelago Einaudi
65

www.einaudi.it

ISBN 88-06-17276-x

Alberto Asor Rosa

Storie di animali e altri viventi

Einaudi

A Ma e Mo

Da qualche tempo preferisco la comunicazione telepatica a quella verbale. Lo so che telepatia significa trasmissione del pensiero a distanza. Io invece la intendo nel senso che qualsiasi trasmissione del pensiero, che non si avvalga dei sensi, e neanche della parola, sia telepatica. In questa versione, che importanza ha la distanza? Può essercene molta, può essercene poca, può non essercene nessuna. Il caso piú frequente di telepatia a breve distanza, – talvolta, nei momenti piú appassionati, a nessuna distanza, – è quello amoroso. Due veri amanti non hanno nessun bisogno di aprire bocca per comunicarsi reciprocamente quel che vogliono. Per la sua natura esemplare questo è il caso che meglio serve a spiegare quel che intendo. Per comunicare senza parole, solo col pensiero (da lontano o da vicino, lo ripeto, non importa), non c'è bisogno di poteri paranormali ma di una fortissima carica di simpatia, di una grande intimità e di una dedizione assoluta. La telepatia è insomma, in buona sostanza, un atto d'amore. Comunicare direttamente il pensiero si può, se tra due soggetti s'apre un canale di comunicazione che prescinde dagli strumenti utilizzati. Affinché il canale si apra, bisogna che i soggetti siano tutti e due disponibili, e senza remore. Il caso, specie fra gli umani, è raro, ma non impossibile.

Data per scontata (come spero) questa impostazione, il resto del ragionamento viene di conseguenza. I vantaggi della comunicazione telepatica su quella verbale (orale e scritta) sono troppo evidenti per sfuggire a qualcuno. Innanzitutto, la comunicazione telepatica è infallibile, quella verbale equivoca e ingannevole. La telepatia trasmette pensiero allo stato puro: non c'è grammatica, non c'è sintassi, non c'è argomentazione, non c'è retorica, e quindi non c'è distorsione né infingimento (consapevole o inconsapevole che sia). È la forma di comunicazione piú rapida, piú comoda e piú fedele; non richiede convenevoli, non esige diplomazie, persino, in qualche modo, rifugge dai risultati concreti, – e, dal momento in cui s'inceppa e smette di funzionare (uno dei due interlocutori s'è stancato e vuole andarsene al cinema o a dormire), non ci vuol nulla a interromperla. Scatta automaticamente ogniqualvolta se ne presenta l'occasione. E l'occasione si presenta ogniqualvolta vi troviate di fronte un'interlocutore/interlocutrice simpatetica. Basta un battito di ciglia, uno sguardo lanciato a caso e prodigiosamente raccolto in mezzo alla folla, – e la trasmissione dei saperi e dei desideri nascosti entra in atto. Le bocche restano chiuse, talvolta assumono persino una piega dura, di rifiuto, che invece serve a nascondere e proteggere il flusso di pensieri che va e viene lungo quell'invisibile canale. Poi, quando la tensione diminuisce e la simpatia si attenua, il canale dolcemente s'interrompe e gli sguardi, fino a un momento prima avvinti da un vincolo che era potuto sembrare eterno, insieme, come concordemente, si volgono ognuno in una direzione diversa.

Ma soprattutto la telepatia, diversamente da quella verbale, è una forma di comunicazione universale. Riguarda, infatti, tutti gli esseri viventi, compresi quelli che non hanno bisogno di rinunciare intenzionalmente alla parola, perché la parola proprio non ce l'hanno. Anche i cosiddetti animali, dunque? Certo che sí, ma anche, per intenderci, le piante, i cosiddetti vegetali (sempre per definirli con queste monche e stente approssimazioni umane). Ci sono stati dei casi, scientificamente testati, in cui una pianta malata è stata guarita dalla persuasione di una persona amica, che aveva avuto la forza e la pazienza di comunicarle il proprio messaggio. Naturalmente, in questo caso come in tutti gli altri consimili, è stato necessario che le due parti in causa, animate da reciproca simpatia, fossero in grado di trasmettere telepaticamente un pensiero, che altrimenti sarebbe rimasto lettera morta, potenza inespressa. Il sentimento, la forza dell'attrazione, fanno dunque da veicolo al pensiero (e questo è già bello da pensare, è un bel pensiero).

Si potrebbe perciò ben dire che la comunicazione verbale divide, quella telepatica unisce. La scala dei valori e delle identità fra gli individui viventi è complessa e molteplice. Se io parlo la *mia* lingua, non dico l'infinita varietà delle forme viventi, ma solo una piccola parte del genere umano sarà in grado di capirmi. La comunicazione telepatica stabilisce invece una specie di rete fittissima fra tutti i livelli dell'esperienza vivente. A parole non ci si capirebbe neanche un po'. Ma voglio essere accomodante: le parole possono, in taluni casi, integrare utilmente il grande flusso del pensiero che circola fra gli esseri viventi quando siano in attitudine simpatetica fra loro, ma non possono in nessun modo sostituirglisi. L'accompagnano, per cosí dire, in una zona limitata, anzi chiaramente scorciata, della vita, galleggiando, talvolta non senza fatica, sul grande mare dei messaggi che la materia vivente si scambia, indipendentemente dalla forma dei corpi, dal carattere piú o meno svettante delle chiome, dalla struttura degli organi genitali o dal numero di zampe di cui si dispone. Anche della telepatia si può fare esperienza e tesoro (io credo, ad esempio, che potrà esserci anche una linguistica della telepatia). Come in altre cose del mondo, sarà piú facile comunicare, se sarà migliore il nostro ascolto. Chi è in grado di cogliere la moltitudine delle voci, parlerà molte lingue. Ma anche questa non è che apparenza. La lingua, infatti, come ho già detto, sarà una sola: quella del pensiero universale, che sta dietro tutte le manifestazioni della vita.

Per dissolvere un vieto tabú, la strada di una vera e propria riconquista della "comunicazione originaria" sembra oggi (anche quando è prodotta da cause assai dolorose) piú facile che in altri tempi apparentemente piú composti e forse soltanto piú indifferenti dei nostri. Infatti, se ci si sofferma a riflettere anche solo per pochi istanti sull'attuale, terribile, nefanda bestialità degli umani, si diventa piú disposti a concedere la nostra attenzione e il nostro vigile ascolto alla mite umanità (sempre, ripeto, per parlar umano) delle cosiddette bestie. Non avete l'impressione anche voi che le parole non bastino piú a trasmettere correttamente il pensiero, che anzi sempre piú lo stravolgano e lo deformino? Chissà che nello sguardo o nel fiuto non ci sia un codice piú puro e piú sano: insomma, una specie di ritorno alle origini, quando neanche l'uomo pensava che parlare significasse soprattutto ingannare. Chinandosi verso terra, fiutando le cose, incrociando frequentemente il proprio sguardo con quello di altri viventi (qualsiasi tipo di viventi), la ragione umana si decontestualizza, si apparta, si riequilibra, si ri-centra e, appunto, torna in sé, anzi, *ritorna in sé*. Gli effetti non possono che essere benefici.

Questa "storia a piú voci" – umana solo nella forma, resa necessaria dalle opportunità – nasce da un'esperienza del genere.

A. A. R.

P. S. Ovviamente la telepatia è l'anticamera della metempsicosi.

Storie di animali e altri viventi

Tutti gli episodi di questa storia sono rigorosamente reali ma nessuna delle voci parlanti accetterebbe di riconoscervisi.

I. Ein Heldenleben

Ffff…fffff…fffffui! Io vengo dalle parti di via Nomentana, a Roma. Anzi, piú esattamente, mia madre, che noi chiamavamo affettuosamente Momma, era della tribú di Villa Torlonia: gatti di tutte le dimensioni e di tutti i colori, grigi, rossi, marroni, violacei, a strisce o col manto unito, oppure neri, – neri come il carbone e con gli occhi verdi, anzi verdissimi, – come me. A Villa Torlonia, dove io non sono mai entrato, si stava bene, raccontava Momma: aria aperta, grandi spazi e molto cibo, perché le "gattare", lí, erano di casa. Ma a un certo punto la tribú era troppo cresciuta, e s'erano verificate liti e prepotenze e selvaggità indegne di gatti per bene.

Cosí, quando la pancia le divenne talmente gonfia e tesa che pareva aprirsi da sola, a Momma le prese una smania che non poteva star ferma, e decise per il nostro bene di trovarsi un posto piú tranquillo. Erano le tre e mezza di notte, e lei cominciò ad attraversare via Nomentana (che un tempo era bellissima, un posto da passeggiate a cavallo, ed è diventata una strada lunga e larga di grande scorrimento), quando sopraggiunse a tutta velocità il 36 notturno, che dalla Stazione Termini passa di lí e finisce la sua corsa al Tufello, borgata storica, estrema periferia. «Mortacci tua, ma 'ndò vai a st'ora de notte?» gridò l'autista Marcello, inchiodando il freno a tavoletta. L'unico passeggero, un vecchietto che aveva abitato tutta la vita a via Marsala, a fianco della Stazione Termini, ed era finito esiliato in periferia da suo figlio per far posto ai nipoti che crescevano, si svegliò di colpo con un gemito. «Che 'un ce 'o vedi che vado a partorí?» replicò Momma, dondolando insolentemente il pancione sotto la luce fioca dei fanali del bus. Cosí era fatta Momma: tosta di fuori, tenera dentro. Per fortuna, sulla corsia opposta, quella che va verso il centro di Roma, in quel momento non passava nessuno, e cosí Momma, sempre piú dolorante, approdò in una viuccia stretta che, fra un giardino e l'altro, sbocca anch'essa sulla via Nomentana.

Che fare ora? Momma aveva da scegliere fra le tante auto parcheggiate lungo i due marciapiedi. L'istinto, che in noi gatti è fortissimo, anzi, quasi profetico (come si vedrà meglio piú avanti), la spinse verso un veicolo di maggiori dimensioni, alto sulle sue ruotone: un bellissimo spazio sotto il pianale e spifferi d'aria quanti ne volevi. Era il camper del ragionier Soldini, noto dirigente di banca, il quale parcheggiava il suo gigantesco automezzo in quella stretta viuccia, suscitando le proteste di tutti i condomini circostanti, – e il motivo era questo. Il ragioniere, tutti i venerdí pomeriggio da maggio a settembre, caricava sul suo camper la moglie, i due figlioletti e la suocera, una cesta di vettovaglie e bevande, e si spostava al mare a Ladispoli, una brutta spiaggia a quaranta chilometri da Roma. Tornava la domenica puntuale verso le 15, perché, diceva, non voleva assolutamente «restare fregato nel traffico domenicale di rientro sull'Aurelia». In tutto, dunque, fra andata e ritorno, faceva piú o meno ottanta chilometri, due pernottamenti, dieci ore effettive di soggiorno al mare sotto l'ombrellone (anch'esso di sua proprietà, piantato sulla spiaggia libera piena d'immondizie); ma, con un camper grande a quel modo e le nottate trascorse a cinquanta metri dalla spiaggia, gli sembrava d'essere arrivato piú o meno fino in Kenya.

Siccome, per l'appunto, quella era una notte fra la domenica e il lunedí di un mite giorno di maggio, Momma ebbe, quasi come in una vera clinica, quattro giorni e mezzo di tranquillità per "sgravare" (come si dice popolarmente da noi), pulirci, allattarci e cominciare ad aprirci gli occhi (letteralmente, ma anche in senso figurato: capire come ci si comporta nella vita). Quando il successivo venerdí pomeriggio il ragioniere scese da casa sua con armi e bagagli, la figlioletta, che della famiglia era la piú sveglia, sentí un miagolio, anzi, sarebbe piú giusto dire un pigolio di uno di noi, e si mise a gridare: «Babbo, babbo, ci sono i gattini sotto la macchina!» Il ragionier Soldini si chinò verso il basso, – ripiegato a metà e con la testa in giú ci apparve nel riquadro di luce tra il fondo del camper e il bordo del marciapiedi, – ne intravedemmo lo sguardo incazzato dietro la montatura d'oro degli occhiali, e lo sentimmo berciare: «Sciò, sciò! Via, via!» Tuttavia, per intercessione della bambina impietosita, Momma ebbe il tempo di trasferirci dignitosamente uno dopo l'altro sotto la Opel Corsa del professor Libroni, il quale invece era famoso per andare a dire in giro *urbi et orbi*: «Io il sabato e la domenica non mi muovo di casa neanche se vengono a prendermi i carabinieri!» La domenica sera tornammo sotto il camper del ragionier Soldini, e cosí andammo avanti tranquillamente per trentasette giorni.

Sotto il camper di Soldini e sotto l'Opel di Libroni, noi quattro, – Primo, Secondina, Terzo e Quarto: io ero Terzo, – poppavamo e crescevamo con una gran voglia di poppare e di crescere. Momma, femmina di poche ma essenziali parole, c'insegnava soprattutto due cose: «State puliti» (stare puliti e in ordine vuol dire fare la propria bella figura di gatti in tutte le occasioni: chi si lasciava andare, come quei due vecchi inciprigniti e catarrosi che stazionavano sui cofani di tutte le auto dei dintorni, era perduto); e: «Statevi accorti» (esser vigili, pronti, preparati a tutto è la caratteristica piú importante della felinità: ma anche fra noi gatti ci sono individui sciatti, approssimativi e sempre in ritardo, insomma, dei veri e propri salami, che, parcheggiati per ore accanto a un focolare o sopra un divano, perdono per sempre i tratti migliori della specie). Ogni tanto una ripassatina: «Se qualcosa si muove, mettetevi in difesa: prima di chiedervi se è un amico, accertatevi che non sia un nemico»; oppure: «Se sentite odore di cibo vivente, topo o uccellino che sia, prima prendetelo, poi decidete se giocarci o mangiarvelo».

Momma ogni tanto se ne andava per i fatti suoi: per allattare bisogna mangiare, e lei si allontanava discretamente due o tre volte al giorno, ingiungendoci con tono severo: «Non muovetevi di qui». Se tornava leccandosi i baffi, voleva dire che, in un modo o nell'altro, o di topo o di uccellino o di scodellina approntata da una delle "gattare" del quartiere, la pancia le si era riempita. Si sdraiava confidente contro una delle gomme dell'automezzo, l'uno o l'altro che fosse, tanto ormai si sapeva che, a rispettare gli orari, non c'era pericolo, e ci offriva le poppe: noi quattro, l'uno accanto all'altro, premendole dolcemente il ventre con i nostri unghiolini, non facevamo che succhiare da lei il nettare che ci rendeva ogni giorno piú grandi.

Il nostro destino conobbe una dura e improvvisa svolta un sabato pomeriggio, quando il professor Libroni, per la prima volta da dieci anni, decise di malavoglia di andare a trovare una sua lontana cugina.

Salí in auto, sbattendo nervosamente la portiera (e già questo ci aveva fatto rizzare le orecchie), avviò il motore (e questo ci precipitò nel terrore piú nero). Quando le ruote s'inclinarono da una parte e cominciarono lentamente a muoversi, Momma gridò: «Via tutti!» Primo balzò irragionevolmente verso le ruote anteriori: non so davvero se se la sia cavata; Momma, insieme a Secondina e Quarto, schizzò a sinistra, attraversò la strada e io li vidi rifugiarsi sotto la fila delle macchine parcheggiate lungo il marciapiede antistante. Io, quasi senza volerlo, sbucai a destra e mi trovai nel bel mezzo del marciapiede accanto al quale fino a un momento prima c'era la vettura di Libroni.

Miagolai, miagolai quanto piú potevo, perché i gatti piccoli, quando non sanno che fare, miagolano a piú non posso. «Momma, Primo, Secondina, Quarto, dove siete?» E soprattutto: «E io che fo?» E ancora piú intensamente: «E ora IO che fo?»

In quel momento alzai gli occhi, – cosa che per un gatto non è tanto facile, – e chi ti vedo? Angelica di nome e di fatto veniva verso di me una bambina, biondina e con gli occhi azzurri azzurri, che appena s'accorge di me apre la sua boccuccia di rosa e fa: «Oh! oooh! un gattino! un gattino piccolo piccolo!» (Per capire lo svolgimento successivo degli eventi, bisogna sapere che Angelica notoriamente aveva un cuore tenero come il burro). Un momento dopo si chinava verso di me, – i suoi occhietti azzurri erano scesi cosí vicino ai miei che io potevo vederli battere d'ansia e di timore, – e poi, con una cosa tenera semovente, e per niente unghiolata (le chiamano mani, seppi poi), mi tirava a sé in alto, anzi, molto in alto, mi pareva. A voi lettori umani è mai capitata un'esperienza come questa? A un gatto può capitare, anzi, capita spesso, ma la prima volta è paurosa e inebriante.

E siccome, mentre io piantavo i miei unghiolini in una cosa morbida che stava tutt'intorno a lei, onde scongiurare il pericolo di compiere un folle volo da quell'incommensurabile altezza, con l'altra estremità semovente piena di terminali mi grattava deliziosamente la testina, io per la prima volta in vita mia feci «ron ron». Non sapevo da dove mi venisse, ma, piccolo com'ero, senza volerlo feci e rifeci «ron ron, ron ron» e poi ancora e ancora «ron ron, ron ron».

Angelica intanto continua a stringermi a sé teneramente e nel frattempo si dirige alla volta di un cancelletto fra un giardino e l'altro, pigia un bottone e poi si mette a parlare nel muro: «Mamma, Mamma! Apri subito, Mamma!» Mamma come Momma? Sí, proprio cosí, piú o meno. Dal muro viene fuori misteriosamente una voce piccina: «Sí, Angelica, apro. Ma che è successo?» «Apri. Mamma, vedrai!» Il cancelletto, non si sa come, si apre da solo. Ora Angelica vola correndo tra due siepi alte: io smarrito sobbalzo sul suo petto. Mamma è sulla porta di casa. Angelica leva il suo visetto raggiante e le mostra Terzo... beh, insomma, le fa vedere che ci sono "io". Mamma fa il volto duro: chissà, forse non le sono simpatici i gatti, forse sono il venticinquesimo gattino che Angelica le porta in casa. Alza la mano, – quella mano che Angelica aveva cosí tenera per me, – ne fa uscire uno solo dei terminali, una specie di freccia puntata verso le nostre spalle, – e dice parole che io non capisco ma che attraversano l'aria rendendola piú gelida.

Angelica ora mi stringe ancora piú forte: anzi, a dir la verità, mi stringe tanto da farmi male. La sbircio come posso da sotto in su. Vedo una cosa curiosa: il mento e la bocca le si muovono come se una molla li premesse da dentro, vanno in su e in giú sempre piú rapidamente. Poi Angelica si esibisce nel suo miglior pezzo di bravura: all'improvviso spalanca la bocca ed emette una serie di urla acutissime ritmate, e intanto dagli occhi le vien fuori una valanga d'acqua, cosí tanta che m'inonda tutto. Chissà cosa sta facendo Angelica: non conosco quella cosa e mi preoccupo, non vorrei mi si sciogliesse tutta, comprese le manine che mi stringono lassú in alto.

A questo punto esce dalla porta e s'appoggia allo stipite un uomo, alto, vestito di grigio: non ha gli occhiali come il ragionier Soldini ma porta i baffi come un gatto. Angelica s'avventa su di lui, gli abbraccia le ginocchia, urla a piú non posso: «Papà, Papà». Ah, ecco, ho capito: dove c'è una Mamma, per forza c'è un Papà. Stretto fra il petto di Angelica e le ginocchia di Papà mi pare di soffocare. Intanto dagli occhi di Angelica escono torrenti d'acqua, sempre piú fitta e cadente su di me come la pioggia di un temporale primaverile. Accidenti, cosí piccola, quanta riesce a farne! A noi gatti, cui non capita mai di fare acqua dagli occhi, – e anzi, se ci capitasse, ce ne vergogneremmo assai, – 'sta cosa c'è sembrata sempre parecchio buffa. Papà accarezza Angelica sui capelli. Si vede che è un po' triste e anche un po' strano. Lui è il Papà di Angelica, ma non abita lí. Papà cerca con gli occhi Mamma. Ma Mamma è ferma sulla soglia, dura e immobile, e il suo terminale puntuto resta rivolto verso le nostre spalle, piú o meno da dove siamo venuti. Allora Papà dice qualcosa a bassa voce, che non capisco. Angelica caccia un urlo, abbraccia con piú forza le gambe di Papà, mi dà un'altra terribile strizzata, poi si mette a saltare con me tra le braccia. Dagli occhi, di colpo, ha smesso di piovere anche una sola stilla d'acqua, soltanto i suoi occhi, compiuto il miracolo della salvazione, risplendono piú luminosi e belli di prima. Prodigiosa davvero, questa piccola umana.

Papà mi ha preso in una delle sue grandi mani, togliendomi delicatamente da quelle di Angelica: mi soppesa dubbioso, mi osserva diffidente. Ma sono ben pulito, perdiana! E se ho la pancia un po' gonfia, è perché sono nato cosí, cosa posso farci, non è un segno di malattia, ve l'assicuro, per questo Momma ci ha tenuto lontani da quel lazzaretto di Villa Torlonia! Papà s'avvia con me in mano verso l'uscita, rifacciamo al contrario il percorso di prima, sale su una di quelle auto parcheggiate vicino al marciapiede, mi posa sopra il divanetto posteriore, partiamo e attraversiamo mezza città. Poi Papà si ferma, parcheggia l'auto, mi riprende in mano, apriamo un portoncino, facciamo tanti scalini a piedi, entriamo in una casa grande e buia, mi mette a terra.

Quand'ero piccolo, avevo un modo tutto mio di spostarmi: alzavo in verticale la codina e trottavo inesausto da una stanza all'altra, curioso, ah, questo sí, curiosissimo di esplorare l'inesplorato. Papà mi guarda pensieroso, poi all'improvviso sorride: mi acchiappa al volo e mi fa due timide carezze sulla testa. Io rispondo subito: «Ron ron», e

poi ancora: «Ron ron». Papà sembra piú disteso e tranquillo: mi prende e mi porta in una stanza tutta bianca,
stende alcuni fogli scricchiolanti per terra, se ne va e chiude la porta. Io, che ho ancora nella mente il fresco esempio
di Angelica, come lei grido a gola spiegata (ma senza spar-
gere acqua intorno): «Miao, miao, perdiana, che modi sono questi? E poi e poi e poi, Momma non c'è, e neanche
Primo, né Secondina, né Quarto, e poi e poi e poi...»

Passa qualche minuto, la porta si riapre, Pa ha in mano
una scatola da scarpe con un panno di lana dentro e poggia
in terra una tazza piena di un abbondante liquido bianco.
È latte, sí, buono come quello di Momma, e forse ancora
di piú. Lecco in fretta, con quella mia rosea e dardeggian-
te linguina di gatto che è la cosa piú flessibile ed elegante
che ci sia al mondo, e quando non ce n'è piú entro nella scatola e mi accomodo sul panno di lana (che non conosco, ma
com'è buono anche quello), ripensando a tutte le avventure vissute quel giorno, a Momma, Primo, Secondina e Quarto scomparsi per sempre nella tentacolare metropoli, agli
occhi azzurri inondati d'acqua di Angelica, al latte appena
bevuto.

I gatti conoscono solo le loro madri, mai i loro padri. Il
padre può essere uno qualsiasi del branco, che poi non sarà
possibile in nessun modo riconoscere, mentre, indifferente, confuso nel mucchio, si lecca la coda o si lustra i baffi.
Prima di addormentarmi, decido fulmineamente che il mio
Papà, il mio Pa, è il Papà di Angelica, con la sua mano forte e il suo latte tiepido. Ecco, lui, da ora e per sempre, è e
sarà il mio Pa: penso che Momma ne sarebbe contenta, visto che ha i baffi come lei e come me. Su questo pensiero,
felice, sprofondo di colpo nel sonno.

2. Vita con Pa

Ora ho un anno di età e sono un gatto nero forte e robusto (con la pancia, ahimè, sempre un po' arrotondata), alto ventiquattro centimetri al garrese (si dice così?), lungo novantadue dalla punta del naso a quella della coda, lucido, scattante e molto, molto felpato, occhi verdissimi, che si aprono e si chiudono come avessero delle piccole saracinesche informatiche. Le mie passeggiate per casa sono silenziosissime: la zampa del gatto è l'arnese più delicato e leggero che esista. Compaio e qualche volta scompaio senza che nessuno se ne accorga, se prima non entro nel suo angolo visuale. Pa ormai non ci fa più caso ma, per un certo periodo di tempo, girava per casa nostra un tale che, quando mi vedeva comparire all'improvviso nella vicinanza delle sue gambe, senza essersi accorto per niente della mia presenza fino a quel momento, brontolava con ira: «Accidenti a te! Sembri un'ombra nella notte!»

Pa, che è un uomo distratto ma sveglio, ha imparato presto come si fa: ha buttato via quei fogli scricchiolanti, che erano una vera schifezza, e di cui io, un prodigio di eleganza e di pulizia, non avevo nessun bisogno, ha comperato una cassettina con una ghiaia minuta e profumata per me molto soddisfacente, ha attrezzato quella stanza tutta bianca come fosse una camera d'albergo, e per il resto mi lascia circolare come e dove voglio.

Fin dal primo giorno Pa mi chiamava cosí: «Micio! Micio, micio!» "Micio", piú o meno, vuol dire gatto. Sarebbe come chiamare un uomo: «Ehi, omo! Ehi, ometto». Ma, insomma, è andata cosí: non s'è sforzato granché il mio Pa a trovarmi un vero nome. Un giorno una signora amica sua, per fare la spiritosa, gli chiese: «E il cognome?» Pa ci pensò su un po', poi rispose: «Beh, Nero, ovviamente». Cosí, solo per un difetto dell'avara fantasia umana, fui chiamato e per sempre mi chiamerò «Micio Nero». Ma va bene cosí. Alla fine, molto meglio Micio Nero che Pallino o Asdrubale, o magari Ginger, come il rosso della vicina di casa.

Non faccio che girare tutto il giorno da una stanza all'altra. Quando non ne posso piú mi siedo e guardo fisso davanti a me. Son capace di star lí fermo anche per ore. Gli umani non riescono a capire come e perché lo faccio. Gli umani capiscono (o credono di capire) solo quello che capita a loro, gli altri modi di essere li considerano completamente indifferenti, e il piú delle volte anche strani e incomprensibili, e qualche volta persino irritanti e dannosi. Io, mentre sto fermo, penso. Che penso? Beh, all'inizio ricordo. Per esempio, Momma. E Primo: mi piacerebbe molto sapere che fine ha fatto. Qualche volta mi chiedo da dove vengo. Da Villa Torlonia e basta? Mah, chi lo sa. Forse la domanda è mal posta: meglio lasciarsi andare. A me basta (mentre gli umani affannati vanno in giro tutto il giorno a cercare altre spiegazioni). Poi letteralmente sprofondo: e in quelle profondità non c'è nient'altro che il vagheggiamento del fatto che io ci sono e, se ci sono, sono.

Molto filosofico, nevvero? Sí, io penso che, al confronto di quella dei gatti, la cosiddetta "contemplazione" degli umani sia solo una blanda, imperfetta caricatura. Io per ore intere sto lí a pensare solo che ci sono e ne ricavo un'immensa soddisfazione. L'anno scorso Pa è stato in Giappone, invitato da un suo allievo di lí, il quale l'ha condotto a Kyoto a visitare un famoso giardino Zen. Pa si è seduto sui gradini di una pagodina antistante al giardino – insieme con una coppia di fidanzati australiani, un norvegese tutto bruciato dal sole e un paio di anziani giapponesi impassibili – ed è rimasto per due ore a contemplare i vialetti di sabbia, le pietre lisce disposte qua e là e i radi licheni emergenti dall'acciottolato. All'uscita aveva mal di testa ed è sbottato con il giovane amico giapponese: «Sai che ti dico, Tadanori? Io non c'ho capito un accidente!» Tadanori ha fatto un sorrisetto e l'ha riaccompagnato in albergo. Beh, guardate me, quando m'inabisso, con gli occhi socchiusi e la coda arricciolata sul pavimento, perfettamente immobile: se fate attenzione, e cercate di capire, invece di sbuffare pensando che sono solo un povero animale passivo e infingardo, avrete una pallida idea di cosa significa capacità di concentrazione e libertà dal bisogno (anche quello intellettuale, che è il peggiore di tutti).

L'inabissamento, al tempo stesso, non significa perdere la mia rapidità mentale e fisica. Mentre sto lí immobile come una statua, con gli occhi socchiusi e apparentemente indifferenti, se passa una mosca, con un movimento prodigiosamente rapido del capo, spalanco la bocca e me la ingoio. Naturalmente a me di mangiar mosche non me ne importa nulla. Ma provo piacere a esercitare tutte, dico tutte, le mie possibili funzioni nel medesimo tempo. Se Pa avesse la mia concentrazione e insieme la mia rapidità, in un batter di ciglia dovrebbe pensare e scrivere le cose piú prodigiose. Invece, anche lui come me sta fermo ore intere, inchiodato a uno strano arnese di legno (che chiamano scrivania), ma soffre, suda, si blocca, torna indietro cento volte, si fa prendere dal panico («oddio, un'altra ora sprecata!»), si gratta la testa, si dimena e talvolta impreca scompostamente. Alla fine non resta della sua sofferenza che qualche segnaccio sulla carta.

Certe volte Pa mi guarda e dice: «Si può sapere come fai?» «Come fai cosa?» gli replico io. Ma al tempo stesso lo capisco: evidentemente vuol dire la mia calma, la mia mancanza di nevrosi, il mio autocontrollo. Non lo so, è la mia risposta. È per questo che sono cosí calmo: perché non so di esserlo. Perché son fatto cosí. E forse anche perché trentasette giorni sotto le ruote del ragionier Soldini e del professor Libroni mi hanno insegnato ad apprezzare di piú le cose che ho, a tenermele strette, a comportarmi con dignità, a seguire senza troppo resistere il filo degli avvenimenti.

Il fatalismo, cari miei, è la filosofia che resta a quelli che non hanno nulla da perdere.

A proposito di fatalismo e d'indifferenza: è una leggenda calunniosa che i gatti amino la casa ma non i proprietari. Io sono davvero grato a Pa. Certo, Angelica è all'inizio di tutto, ed è per questo che tutte le volte che mi capita di vederla le lecco quelle benedette manine per cui sono qui. Ma Pa è tutto quello che è venuto poi, il mio presente e il mio futuro: il calore del sole dietro le grandi finestre, il morbido panno di lana, i termosifoni d'inverno, mezza scatoletta di buona carne a colazione e mezza a cena (a dir la verità, se le razioni fossero un po' piú abbondanti non sarebbe male), e infine, e soprattutto, le conversazioni dopo pranzo e dopo cena.

Conversazioni? Stai esagerando, direte voi. No, tutt'altro. Pa fa spesso due chiacchiere con me e vi giuro che lo capisco. Dice: «Micio, com'è andata la vita oggi?» o: «Avresti preferito vivere libero per la strada?» o: «Ti piacerebbe leggere un bel libro con me?» A questo proposito: la casa di Pa è piena di 'sti cosi fruscianti pieni di segni scuri, addossati alle pareti come tanti morticini, un vero, immenso cimitero di migliaia, decine di migliaia, centinaia di migliaia di pagine fitte fitte di parole, poesie, racconti, elucubrazioni, talvolta di follie decisamente e irrimediabilmente demenziali. Pa ne tira fuori uno, ne sistema un altro, legge a voce alta una di quelle pagine e mi chiede: «Non ti par bella?» Io per compiacerlo gli rispondo: «Mao, mao»; ma lui insiste: «Bellissima?», e io rispondo accentuando il tono della mia voce: «Sí, certo: mao, Mao, MAO!»

Cosí, a poco a poco, ho preso confidenza con la cultura e posso dire di aver perso la mia originaria subalternità sottoproletaria. Pa ha amici molto coltivati come lui. Quando cinque o sei si raccolgono in casa sua, è diventata ormai quasi un'abitudine che io sia invitato a esibire la mia buona formazione. Stanno in circolo intorno a me e mi guardano ironici dall'alto in basso. Io, che ho capito l'antifona, mi esibisco come un vero clown facendo la ruota in mezzo a loro (è il prezzo che molti, anzi, la grande maggioranza, pagano alla sopravvivenza, checché ne dicano gli Esseri Superiori). Pa si guarda in giro e dice: «Micio Nero sa parlare». «Sa parlare? Ah, questa è bella. Sapevamo che stravedi per questo gatto, ma ora addirittura deliri». «Beh, state a sentire». Pa mi guarda e fa: «Micio, CIAO!» Io mi blocco, alzo la testa verso di lui e gli rispondo: «MIAO!» Il gruppo esplode in una risata: «Effettivamente impressionante!» Allora ognuno vuol provare: «Ciao!», «Miao!»;

«CIAO!», «MIAO!» Vanno avanti per dieci minuti. Io penso: capisco la vanità di Pa nell'esibire un gatto eccezionale come me, ma questi imbecilli quando se la pianteranno? Se gli imbecilli non se la piantano, infilo un varco fra due gambe e vado a farmi un po' di Zen nel bagno.

A casa nostra (mia e di Pa, intendo dire) viene piú spesso di chiunque altro un signore piccolino, con una grande testa e un ciuffo di capelli tutto bianco. Si chiama Mario, è un filosofo, un illustre pensatore. Pa ci tiene un sacco a parlare con lui. Ma il pelo degli animali, e il selvaggiume che, ahimè (per fortuna, volevo dire), non possiamo fare a meno di portare in noi (e su di noi), gli danno un gran fastidio. Si vede che la sua immensa testa non ha ancora scoperto la sterminata varietà del cosmo; oppure che la sua misera carne umana – il concentrato di vasi sanguigni e di reticoli nervosi di cui come qualsiasi essere umano è fatto (al di là e indipendentemente dal suo eccezionale concentrato cerebrale) – si è arrestata al nevrotico ribrezzo per tutto ciò che nel mondo è peluto e unghiolato. Fatto sta che io ho saputo tutto questo dalla prima volta che l'ho visto, e appena lui entra in casa comincio a pensare: «Ah, ti faccio schifo? Hai ribrezzo di me, perché ho pelo e artigli e denti acuminati, e son nero, e ho (come si legge in tutta la letteratura relativa) occhi demoniaci?» Mario si siede tutto composto sul divano e Pa sulla poltrona di fronte: parlano seriamente di tutto, dai problemi della filosofia occidentale allo scontro di classe nell'Europa mediterranea e nel Maghreb. Io mi aggiro a piccoli passi indifferenti per il saloncino. Pa si accorge di quest'armeggío e dice: «Micio, non fare scherzi». Mario si tende sui cuscini del divano, perde

27

il filo: altro che lotta di classe, qui la prospettiva di un rischio personale è assai piú vicina e preoccupante della prospettata e auspicabile (ma, ahimè, assai lontana!) crisi mondiale. Quando la tensione è salita al massimo, e prima che Pa m'afferri e pregiudizialmente mi chiuda nel mio appartamentino riservato, con un inarcamento solo della schiena e praticamente da fermo, balzo dal centro del saloncino sulle ginocchia di Mario e mi ci accoccolo, facendo le fusa. Sento sotto di mē il corpo di Mario pietrificarsi di colpo in un empito di repulsione e insisto nell'esibire tutte le mie coccole: non sono mica un aggressore, non mi si può impedire di trattare il piú affettuosamente possibile un amico del mio Pa, tanto piú se importante per lui come Mario. A questo punto s'apre un bivio (come spesso nella vita, sia quella umana sia quella animale, sia, – io penso, – quella vegetale, e persino, a voler essere puntigliosi, quella geologica): o tutto continua a svolgersi secondo i miei piani, e allora Mario rischia l'infarto; oppure Pa si precipita a strapparmi dalle ginocchia di Mario, e allora io, per impedire di essere sloggiato, pianto i miei unghioli nelle carni dell'ospite, trasformando consapevolmente quel che avrebbe potuto restare tutto sommato un fastidioso inconveniente in un vero e proprio cataclisma (anche questo capita sovente nella vita, umana, animale, vegetale, ecc. ecc.). Le visite di Mario si diradano sempre piú: nei ben oliati meccanismi del pensiero critico occidentale è bastato un felino di pelo nero e un poco maligno a infilare una zeppa irrimediabile.

Ma questi son piaceri minori, anzi, direi proprio da gatto, se posso esprimermi cosí con il mio senso autoironico, che è fortissimo. I gatti, anche se gli umani stenterebbero a crederlo, sanno sempre esattamente (l'ho già detto) con chi hanno a che fare: amici o nemici, o anche, piú semplicemente, simpatici o antipatici, affettuosi o disdegnosi, affabili o con la puzza sotto il naso. E sanno perciò sempre come regolarsi. E in genere si regolano in modo che l'affettuoso sia premiato e il disdegnoso punito e che nessun rapporto sia impari o sproporzionato o dannoso per loro. Perciò noi gatti ci divertiamo tanto a spese dell'umanità babbea e credulona: siamo sempre un po' in vantaggio rispetto a lei, arriviamo ogni volta prima di chiunque altro alla vera sostanza delle cose.

Anche con Pa potrei divertirmi. A conoscerlo bene, mi si rivela sempre di piú vanitoso, approssimativo, distratto, egoista, puerile, talvolta bamboccio, eccezionale cercatore e procuratore di guai a sé e agli altri. Di ognuna di queste sue certezze saprei cosa fare: potrei frustrare il suo fatuo senso del dominio, balzando sulla piú alta delle sue librerie e rifiutandomi tenacemente di scenderne, potrei pungere a sangue il suo egotismo, arrotandomi le unghie sui piú amati dei suoi morticini e facendoglieli ritrovare in tanti piccoli brani, su ognuno dei quali sia rimasto un pezzetto insensato della grandiosa sapienza universale, alla quale lui si sforza con tutti i suoi mezzi (modesti, alla fin fine) di arrivare. Potrei fare tutto questo, per dimostrargli la sostanziale vanità della sua vita (vita intesa nel senso ristretto, puramente individuale, del termine). I gatti, infatti, non possono aspirare (e di fatto non ci provano nemmeno) alla smisurata conoscenza del tutto, ma, con i mezzi piú semplici ed elementari, possono dimostrarne la totale insensatezza (è per questo che, come cercavo di spiegare prima, riesco a stare cosí a lungo concentrato su un ipotetico pensiero, che in realtà non c'è: io, infatti, senza saperlo e senza volerlo, mi limito a contemplare il nulla. Il punto di approdo dell'intera filosofia occidentale non è per me che il punto di partenza di tutte le mie dormite quotidiane).

Ma, nonostante la tentazione, ho deciso di risparmiare Pa: lui, insieme con Angelica, è all'origine del mio destino, non posso farmene beffe. Con Pa batto un'altra strada: preferisco condividere il piú possibile quel che lui ama di piú, nel resto preferisco non entrare, sono affari suoi. Per esempio: Pa sta seduto per ore alla scrivania. Cosa ci faccia, non mi è chiaro e non m'interessa. In genere, sfoglia uno di quei morticini che stanno appesi alle pareti della stanza, oppure su pezzetti di carta bianca scricchiolante (assolutamente non commestibili, ve lo assicuro, ho provato piú volte ad assaggiarli) fa segni neri, ne mette insieme centinaia e centinaia, qualche volta migliaia e migliaia, e fa anche lui altri morticini.

Insomma, ognuno si diverte come può e io prendo atto, perché si tratta di Pa, che lui si diverte cosí (se neanche si divertisse, sarebbe una vera insensatezza). Io di sicuro preferirei essere a caccia fuori, in quel mondo che conosco cosí poco (in realtà per ora non lo so, ma lo sento). Ma poiché Pa si diverte a quel modo, io sono prontissimo a condividere. In certe sere d'inverno, – i termosifoni sono accesi, ma la casa è grande e fa fatica a scaldarsi, – io da terra balzo sulle ginocchia di Pa e da lí salgo con un movimento flessuoso del corpo sul piano della scrivania. La luce della lampadina elettrica apre un cono luminoso che va dalle mani di Pa alla fila di piccole bare che gli sta davanti. Mi stendo lungo quanto sono tra i fogli pieni di segni neri e quel bastione funerario lí davanti, che dalla luce s'allunga fino a sparire nel buio. Ora la luce della lampadina mi abbraccia tutto, dalla punta del naso a quella della coda. Della luce a me non importa nulla, anzi, amo sopra ogni altra cosa l'oscurità, ma il calorino che ne emana mi dà un gran piacere. Pa tira via i fogli da sotto il mio corpo, risistema alla bell'e meglio i morticini franati intorno a lui, perde il filo del pensiero e sbotta: «Ma insomma, secondo te io dove scrivo?» Non c'è risposta: non ho fatto in tempo a sistemarmi che già sono addormentato. Pa continua per un po' a sbuffare, poi si rassegna: ricava uno spazio stretto fra il mio corpo disteso e il bordo della scrivania, scrive su un mezzo foglio ripiegato invece che su di uno intero (come del resto gli capitava di fare tanti anni prima sugli scomodi e freddi banchi delle sue scuole elementari di guerra, e questo ricordo, mentre gli balena in mente, basta a rianimarlo un poco e a rallegrarlo), alla fine sorride soddisfatto, perché gli è venuta un'idea, che prima non c'era verso che arrivasse.

Questo io lo chiamo il mio lavoro in comune con lui, l'aiuto che gli dò, costringendolo a prendere atto che esiste una vita, un'altra vita, al di là della sua.

Poi c'è il piacere coltivato e goduto insieme, e questa è davvero altra cosa. Dopo pranzo Pa in genere si stende sul divano, mette i piedi in alto e comincia a girarsi davanti al naso, uno dopo l'altro, quegli strani fogli che all'inizio della nostra convivenza lui stendeva per terra nella mia stanza, pensando di facilitarmi la vita. Lo scopo di questo esercizio mi è anch'esso ignoto: posso solo ipotizzare che lo sventolamento di quei fogli, producendo una sorta di lieve brezza, abbia la funzione di agevolare in Pa quella rilassatezza dei sensi che ha sempre qualcosa a che fare con il piacere. Come che sia, io, non appena lui assume quella felice posizione orizzontale, ben sapendo ormai come andrà a finire, balzo leggero su di lui e mi acciambello sulla sua pancia. Dopo un po', il movimento delle mani che sventolano quegli inutili fogli si fa piú lento, il respiro di Pa si distende e s'allunga, il suo tessuto animale, che io avverto perfettamente attraverso la stoffa dei vestiti, si rilassa. A un certo punto i fogli gli cadono di mano e Pa s'addormenta con la bocca semichiusa. In quello stesso istante (credetemi, son capace di spaccare il secondo), anch'io mi addormento, e pian piano, mentre dormiamo tutti e due, uno sull'altro, io sprofondo nella sua pancia, entro in sintonia con il suo sistema nervoso (come lui con il mio), faccio un medesimo corpo con lui.

Stiamo lí un tempo incalcolabile (finito-infinito, questo chi può dirlo?) l'uno sull'altro, anzi l'uno nell'altro, respirando esattamente con lo stesso ritmo (il ritmo delle cose che stanno in pace insieme), Micio Nero e Pa, Pa e Micio Nero, uomo e gatto, gatto e uomo, anzi, gattuomo, anzi, per esser piú precisi ancora, il Gattuomo, il prodigioso personaggio delle leggende medievali, dotato d'intelligenza felina e di sentimenti umani (io almeno cosí l'intendo), qui per la prima e unica volta in età moderna (anzi, a sentire i sapientoni amici di Pa, post-moderna) ricongiunto in unità dopo la sua dolorosa millenaria separazione, per ridar vita alla medesima esistenza primordiale, quella che sicuramente ha preceduto la divisione delle specie. Immancabilmente io e lui facciamo, anzi, il Gattuomo fa un sogno ricorrente, che è sostanzialmente sempre lo stesso sia per me sia per lui, anche se in forme diverse, perché i nostri cervelli nonostante tutto restano separati e differenti anche all'interno di quell'unione. Pa sogna di premere contro un'imboccatura stretta per uscirne; nonostante gli sforzi, non gli riesce, e allora s'addormenta. E quando s'addormenta, sogna di premere contro un'imboccatura stretta per uscirne; nonostante gli sforzi, non gli riesce, e allora s'addormenta. E quando s'addormenta... Io invece sogno di essere addormentato dentro la pancia di Pa, dove c'è Micio Nero che sogna di essere addormentato dentro la pancia di Pa, dove ci sono io che sogno di essere addormentato dentro la pancia di Pa, dove c'è Micio Nero...

Questo modesto Nirvana a due post-prandiale è il massimo del piacere che io riesco a concepire. Quanto a Pa, che ne è l'altro protagonista, non lo so e, come ho già detto, non m'interessa. Mi basta che lui mi conceda benevolmente la sua pancia perché io ci possa sprofondare come dentro un oceano tranquillo. Senza di lui, insomma, so che non potrei farlo, e anche di questo gli sono grato. Ma anche lui, a quanto sembra, non potrebbe fare a meno di me, se volesse continuare a essere qualcosa di piú di quel che è e che è, tutto sommato, abbastanza poco. La nostra unione, dunque, è qualcosa di piú della semplice somma di ognuno dei due separato dall'altro. Le differenze c'erano prima. O sarebbero venute dopo. Ma nel sonno, – e, non dimentichiamolo, nel sogno, – eravamo uguali e al tempo stesso complementari. Non il gatto e l'uomo. Ma il Gattuomo (appunto). Un pezzo di qua e un pezzo di là di una vita: ma di una medesima vita. Per giunta, tutti e due lo sapevamo.

E nessuno di noi due lo avrebbe dimenticato.

3. *Arriva Mo*

Ogni volta che Pa infila la chiave nella toppa, io riconosco immediatamente la porta da cui sta per entrare (non è tanto semplice: ce ne sono tre nella nostra complicatissima casa, e una è al piano di sotto), e rapidissimo la raggiungo. Prima che Pa abbia fatto in tempo ad aprire, io sono già seduto lí ad aspettarlo, accosciato sulle zampe di dietro. Quando la porta si spalanca, io guardo Pa dal sotto in su e gli faccio: «Miao». Lui risponde dall'alto in basso: «Ciao» (o viceversa), poi si ferma immancabilmente ad accarezzarmi sulla testa, oppure mi leva in alto fra le sue braccia e s'avvia con me verso la sua stanza.

Però questa volta Pa è in casa, barricato dietro la sua scrivania, e a un certo punto squilla un campanello. Lui si alza in piedi insolitamente sollecito. Io lo accompagno alla porta, lui la apre e lí, davanti a noi, c'è una Umana, con una grande borsa posata in terra accanto a lei. Pa e Umana si guardano, e anch'io la guardo. Quel che vedo e sento, grosso modo è questo: Umana ha gambe diritte e ben visibili sotto la gonna grigia, sul capo pelo lungo biondissimo e sul davanti un balconcino di tessuti animali e di vestiti, che Pa assolutamente non ha. Emana un profumino strano, fatto di sudore (le scale a piedi sono tante) e di un mazzetto di fiori freschi come messo ad asciugare nella fessura aperta del balconcino. Avverto immediatamente che si tratta di

34

una "questa", profondamente diversa e, almeno io spero, irrimediabilmente inconciliabile con i costumi severi e l'isolamento un po' paranoico di Pa. A ogni buon conto mi alzo in piedi e rizzo la coda in verticale per avvertire che ci sono e che non sono disposto ad accettare che si faccia finta che non ci sono. Pa dice qualcosa come: «Sei arrivata». Lei, invece di rispondergli, guarda me e dice: «E questo chi è?» "Questo?!" "Questa" dice di me "questo"? Ma se siamo tutti e tre sulla soglia di casa *mia*! Si china rapida verso di me: vedo due occhi intensamente pervinca e il balconcino che si protende minaccioso sul mio capo. Senza aggiungere altro le volgo le spalle e mi ritiro nei miei appartamenti. Allontanandomi, sento Pa che dice: «L'hai preso male». E lei, con voce profondamente stupita: «Preso male *chi*?»

Cosí passano i giorni, e le cose, invece di tornare come prima, peggiorano. Pa stravede per Umana. Dopo pranzo, invece di sdraiarsi sul divano e sventolare tranquillamente quei suoi fogli davanti al naso, preparandosi alla quotidiana epifania del Gattuomo, conversa animatamente con lei, con lei, dico, anche se talvolta mi passa distrattamente la mano sulla schiena, quasi cercando l'ispirazione per un concetto o una parola che non gli viene. Ecco: ero un suo interlocutore, anzi, l'unico interlocutore, e sono diventato uno strumento passivo e subalterno di quest'altro rapporto. La sera vengo invitato a ritirarmi presto nel mio appartamento. Se la meno per le lunghe, esibendomi in una delle mie ruote migliori, Pa seccato mi leva in alto senza la consueta dolcezza nelle mani e poi mi deposita sul mio panno di lana. Neanche si rammenta di augurarmi, come sempre era accaduto, la "buonanotte". Quel che succede poi, lo sa il demonio.

Anche il mio invidiabile, e invidiatissimo, *aplomb* è entrato in crisi. Altro che contemplazione, altro che Zen! Il grado di agitazione di un gatto (che è, lo devo confessare, tanto alto quanto la sua calma) si può misurare facilmente dal numero e dalla qualità dei movimenti della coda, e questo perché, come tutti sanno, nella coda del gatto si concentrano e s'intrecciano, fin quasi a formare la punta di un parafulmine, tutti i terminali del suo sistema nervoso (provate a tirare la coda a un gatto, e vedrete come, istantaneamente, molto meglio che in una qualsiasi centrale missilistica, ciò provochi lo sventagliamento di tutti i suoi unghioli e l'apertura minacciosa di quella ben munita macchina offensiva che è la sua bocca!) Ebbene, in quei giorni, non solo la contemplazione era andata gambe all'aria, ma io non facevo che girare irrequieto per casa di stanza in stanza, mentre la coda, – sempre morbidamente, perché un gatto non rinuncerebbe alla sua eleganza neanche in punto di morte, – m'andava da sinistra a destra, da destra a sinistra, disegnando nell'aria geroglifici dal senso tutt'altro che misterioso.

Sfuggivo piú che potevo la presenza di Umana. Ma Umana c'era. E in casa, fuori di quelle pesanti coperture che la loro carne tenera e non pelosa richiede, i lunghi capelli biondi, le gambe diritte e il balconcino profumato di fiori si vedevano e si sentivano ancor di piú. Orrore! Mi sembrava che non potesse esserci nulla di piú lontano e diverso dal mio lucido pelo nero e dalla mia quadrizamputa natura. Una volta che aveva appena appena accennato il gesto di chinarsi ad accarezzarmi, come quella prima volta sulla soglia di casa, mi ero limitato a sollevare la mia zampa anteriore destra e le avevo mostrato, senza aggiunger verbo, una coroncina di unghiette già dispiegata. La cosa era finita lí, per fortuna, ma non posso nascondere d'aver provato una certa maligna soddisfazione nel vederle le pervinche cambiar di colore, diventare piú scure per l'emozione. Si andava avanti cosí giorno dopo giorno nell'ostilità piú completa e io non riuscivo a immaginare altro che la prosecuzione di una lunga guerra. Però...

Però, qualche volta Umana si soffermava perplessa a guardarmi, senza tentare approcci, e anch'io, invece di continuare a girare qua e là con aria incazzata, mi fermavo a guardarla, altrettanto perplesso. Nell'incrocio degli sguardi due occhi intensamente pervinca fissavano due occhi verdissimi, e viceversa: una bella gara, al di là degli abissi siderali che fino a quel momento li avevano separati. Nei suoi occhi vedevo scritta la domanda: «*Tu* chi sei?» E io sapevo che nei miei stava scritto: «Ma *tu* chi sei?» A poco a poco (lo appresi allora, insieme a molte altre cose) l'abitudine stempera il contrasto. «*Tu* chi sei?» nella mia mente si trasformava lentamente in un «tu ci *sei*...»: come dire che la convivenza facilita la convivenza. Ma il primo passo, devo riconoscerlo, lo fece Umana.

Umana, che fino a quel momento era rimasta con me assolutamente silenziosa, cominciò a parlare. «Non c'è bisogno di niente, – disse, – solo di capire. Un cuore non è fatto a fette come una torta: un cuore è intero per chiunque se lo prenda. Mi capisci? Non pensi che *noi* abbiamo un cuore abbastanza grande per tutti?» Io questa volta ascoltavo con attenzione. La voce di Umana era molto diversa da quella di Pa: era la voce di una di cui ci si poteva immaginare, anche senza vederla, solo ascoltandola, che avesse un balconcino fiorito davanti. Ma anche il senso delle sue parole mi colpiva. Era come se, all'improvviso, Momma e Primo e Secondina e Quarto fossero tutti ricomparsi lí davanti a me e ognuno di loro mi chiedesse: «A chi vuoi bene di piú?» Ma io a tutti volevo bene, – e a tutti nello stesso modo, – come si poteva dubitarne?

Ma insomma, Umana, se c'era, chi era? Dal Gattuomo, se togli l'uomo, resta il gatto. E l'uomo, Pa, il grande vigliaccone, in quel momento non c'era, e se ci fosse stato, ero certo che avrebbe fortemente desiderato di non esserci. In quelle condizioni, meglio che non ci fosse. Toccava fare da soli. Dal mitico Gattuomo ero ridisceso al povero piccolo semplice gatto che ero. La separazione, pur dolorosa, mi era necessaria per tentare un nuovo, impensabile incontro. Sapete cosa fa un gatto (anche un gatto qualsiasi, intendo dire, della specie piú comune) quand'è messo di fronte all'ignoto? Se è un gatto, e non un esemplare degenerato e decadente, va a vedere. Cosí feci io.

Umana, mentre mi parlava, stava allungata senza alcun segno di tensione sul divano delle nostre molto virili epifanie. Decisi all'improvviso di sottoporla alla famosa e per me infallibile "prova del Filosofo". Continuando a fissarla negli occhi coi miei occhi, perché le sue luci pervinca facessero da guida alle mie luci verdi, le piombai con un salto solo nel grembo. Era morbidissimo e profumato come un cesto di fiori e, invece di sottrarsi a me freneticamente come aveva fatto il grande pensatore, mi si offrí accogliente, come aprendosi alla mia spinta. «Oh, che bellissimo gatto, oh che dolcissimo gatto», fece lei con la sua soave musichetta, riempiendomi di un compiacimento vanitoso (se fossi stato piú intelligente e meno sensibile alla... seduzione, avrei capito subito che aveva fatto un lungo esercizio retorico con Pa). Tutta quella morbidezza non si rifiutava al mio pelo, al mio nero, al mio verde, alla mia coda vibrante, ai miei potenziali morsi e unghioli, al mio sistema nervoso ormai inquieto e rovinato dallo spasmo del dubbio, ma al contrario li avvolgeva in sé, li faceva propri, li accarezzava anche senza muovere le mani, – e li addolciva, e li calmava.

Stavo lí disteso, sempre piú placato, sempre piú soddisfatto, sempre piú felice, e pensavo che la mia prima conquista femminile era stata Umana (o umana, non importa: ero sicuro che, se umana doveva essere, non avrebbe potuto essere che Umana). Prima di addormentarmi sul suo grembo (perché addormentarsi è per noi il segno di un'estrema felicità), pensai che Umana era la mia Mo. Mo come Momma? Sí, proprio: ma solo la metà.

L'altra metà preferivo continuare a pensarla a modo mio.

4. Il paradiso delle Urí

Sono passati alcuni anni... Stop. Cosí non si può andare avanti. Un gatto non guarda l'orologio, – e conta gli anni, e magari "spacca il secondo"? Ebbene sí, lo ammetto: c'è qualcosa da spiegare e da giustificare. Un gatto non ha voce, non ha parole, di regola non ha pensieri, tanto meno sa scrivere. Ma se è un personaggio letterario, allora è diverso: può fare tutto ciò che vuole. Madame Bovary sarebbe esistita, avrebbe avuto anche lei voce, parole, pensieri per vivere ed essere raccontata, se Madame Bovary non fosse stata Gustave Flaubert? Ecco: fatte le debite proporzioni, – e sono, naturalmente, proporzioni abissali, – per me il Gattuomo è stato lo stesso che Gustave Flaubert per Madame Bovary. I due destini, in ambedue i casi, si sono fusi nella scrittura, fino a rendere impossibile che se ne parli separatamente, e questo non solo nella rappresentazione che se ne è data, ma anche nelle conseguenze che ne sono scaturite. Se è vero che nessuno ricorderebbe Monsieur Flaubert, se lui non fosse stato una volta Madame Bovary, chi mai si rammenterebbe del Gattuomo, se non fosse stato almeno una volta Micio Nero?

Insomma: basta un po' d'immaginazione per rendersi conto che, se il Gattuomo è possibile, qui dentro (voglio dire: qui, nei contorti geroglifici di questa scrittura) tutto è possibile. Se non avete immaginazione, accontentatevi di guardare la televisione, che ormai neanche i gatti guardano piú. Se invece ne avete, smettete di fare domande sciocche e godetevi, da questo momento, l'eterno gioco delle trasformazioni.

Comunque, per non dispiacere a nessuno, vi dirò come i gatti calcolano il trascorrere del tempo. Dentro di loro si verifica una mutazione, lenta ma inesorabile, come in tutte le creature del cosmo, animate o inanimate che siano. Io so che ciascun giorno comincia e poi a un certo punto finisce: prima c'è il buio, poi c'è un po' di luce, poi c'è tanta luce, poi c'è un po' di luce, poi c'è il buio, poi c'è un po' di luce, poi c'è tanta luce... È come il sogno ricorrente del Gattuomo: un sogno s'infila in un altro sogno, e poi in un altro sogno, senza fine. Beh, senza fine: io almeno cosí credevo, fino a un certo punto. Ma fino a quel punto questa catena di trasformazioni lasciava solo un piccolo, piccolissimo segno dentro di me: come se, nella compatta, continua, resistente e insieme flessibile mia esistenza (quella, per intenderci, che io contemplavo cosí a lungo e cosí intensamente nell'intervallo che passa tra la poca luce e il grande buio), s'aprisse una leggera scalfittura, un lieve senso di disagio e di malessere, che prima non c'era. Il senso del tempo per i gatti è l'accumulo di tante piccole scalfitture, di cui all'inizio nessuno, neanche loro, è in grado di accorgersi (e infatti qualcuno piú presuntuoso fra gli umani sostiene che per i gatti il tempo è fermo, immobile: cosí non è, e spero di averlo dimostrato).

Allora, se qualche rompiscatole non ha altre obiezioni, io tornerei a raccontare (è l'unica cosa, mi pare, che ci possa qui interessare). Dirò allora che, nella monotona ripetizione dei giorni, mi sentivo cambiato dentro e piú forte e maturo, ancorché tutto pieno del mio prorompente slancio vitale, mentre Pa e Mo, continuando a stravedere l'uno per l'altra, sembravano sempre piú assorti in un loro per me misterioso disegno. Per dirla in breve: lo sfondo del quadro è la mia raggiunta maturità, ossia l'altezza di pensiero e di esperienza cui si perviene quando ci si trova piú o meno alla stessa distanza dall'inizio e dalla fine. È la posizione della bilancia, che appare tanto comoda e rassicurante, finché uno dei piatti non tracolla.

Questa era la nostra (piú o meno) comune condizione, quando un giorno Pa torna a casa con uno strano arnese basso e panciuto, fatto di tante sbarrette verticali; senza darmi il tempo di reagire, proditoriamente mi ci spinge dentro e alle mie spalle chiude una specie di porticina. Pa scende le lunghe scale, sorreggendomi alla stregua di una scomoda e volgare valigia (lí dentro, umiliato e offeso, io ballonzolo tutto, come un pacco privo di equilibrio), raggiunge la sua auto, la apre e mi sistema sul divano posteriore (quello su cui, storicamente, avevo fatto il mio primo e fino a quel momento unico viaggio per arrivare alla nostra casa); Mo si siede accanto a Pa, e in men che non si dica partiamo. La cosa mi disturba assai, come tutte le volte in cui son persuaso di subire una costrizione ingiustificata (e oltre tutto non so come andrà a finire, e ne sono preoccupato e irritato), e decido perciò di protestare a modo mio. Chiuso nella mia prigione, attacco nella mia tonalità piú profonda: «Mao, mao, mao, mao, mao, mao, mao, mao, mao, mao, mao, mao, mao, mao, mao, mao, mao, mao, mao, mao, mao, mao, mao, mao», e vado avanti per tutta la durata del viaggio. Pa, che ha le mani piantate su di un arnese circolare, e si direbbe non possa farne a meno, ogni tanto emette urla strozzate: «Micio, piantala! Micio, piantala!» Mo tiene le mani premute sulle orecchie.

Arriviamo in un posto strano. Non ci sono pareti intorno ma spazi; invece di tante finestre, c'è un'unica, enorme finestra, che coincide con il lontano orizzonte. Pa si precipita fuori dell'auto, abbranca l'arnese che mi contiene, lo trascina giú, spalanca la porticina. Prima di balzarne fuori del tutto, mi guardo intorno. Sí, proprio un unico grande spazio, costellato di alberi, piante, erbe, canneti, siepi, e soprattutto una quantità illimitata, impensabile di terra. Sulla destra un edificio; basso, isolato, con una scaletta ripida. Non ci sono palazzi di dieci piani intorno, anzi, non c'è nemmeno un'altra casa piccola come quella.

Sono preso da un vero delirio emozionale. Esploro i dintorni e a distanze regolari v'imprimo il mio marchio. Tutto è riemerso di colpo dal fondo, senza che neanche me ne accorgessi: e quando è accaduto (e questo è veramente strano) è come se fosse sempre accaduto. Pa mi guarda a bocca aperta: i misteri della natura e le profondità insondabili della genetica non smettono di affascinarlo ogniqualvolta ne scopre (o crede di scoprirne, talvolta ha preso abbagli clamorosi) una nuova manifestazione.

Lí (da quelle parti, intendo, che non nomino, perché il nome per me non contava nulla) ho passato, devo confessarlo, stagioni felici. Non so gli umani, pervertiti da coperture e imbottiture e patemi d'animo e inquietudini d'ogni genere. Ma per i gatti il Paradiso in terra è dove il limite dell'esperienza è solo il tuo piacere e il tuo piacere coincide all'occorrenza con l'arbitrio.

Riscoprii in un battibaleno tutto quel che sapevo senza sapere di saperlo. La rapidità fulminea nello scalare un tronco d'albero con i miei unghioli. La notte come la vera dimensione della scoperta, invece che come la passiva e un po' gaglioffesca stagione del sonno. L'esplorazione di territori tanto estesi come non avrei mai immaginato e il lento e soddisfatto ritorno verso casa guidato dal fiuto e dalle tracce.

Un giorno catturai il primo topo della mia vita. Era veloce, poverino, ma niente in confronto alla possente accelerazione delle mie quattro zampe perfettamente equilibrate. Invece di divorarlo all'istante, come avrei avuto voglia di fare, andai amorosamente a depositarlo semimorto dalle strizzate e soprattutto dalla paura sullo zerbino di casa, in attesa che Pa e Mo prendessero visione della mia sconfinata bravura di gatto e insieme della mia affettuosa devozione per loro. Il topo si muoveva appena, e io lo palleggiavo abilmente da zampa a zampa, come un giocoliere nel corso del suo esercizio piú prestigioso. Mo mise la testa fuori della porta e appena ci vide cacciò un urlo: «Micio Nero, cos'hai fatto! Povero topolino!» La sua filosofia era difendere il piú piccolo e piú debole, chiunque egli fosse, contro il piú grande e piú forte, chiunque egli fosse, me compreso. Se il medesimo topolino, che lei difendeva da me, fosse stato sorpreso mentre stava pappandosi un grillo delizioso, – esattamente ciò che il mio topo stava facendo quando, approfittando della sua distrazione, lo avevo sorpreso e afferrato (salvando, particolare non trascurabile, il povero grillo da una fine sicura), – lei gli avrebbe fatto la medesima scenata. Esterrefatto allentai la presa e il topo, sbandando, ne approfittò per precipitarsi giú per le scale e dileguarsi. «O insensata cura de' mortali, quanto son di-

44

fettivi sillogismi   quei che ti fanno in basso batter l'ali!»
(questo è Dante, a lungo compulsato, nel corso delle sere
invernali, nel cerchio di luce sulla scrivania di Pa). Mo voleva bene a me, ma anche al topolino, che tuttavia non
avrebbe mai osato raccogliere da terra, non diversamente
da come il filosofo Mario aveva fatto con me tempo prima
(non parliamo del grillo, con le sue zampe seghettate e il
musetto a pera assai piú demoniaco del mio). Capisco che
il cuore non è fatto a fette come una torta, ma ogni bene-
volenza ha un limite, se no diventa a sua volta pericolosa.
La filantropia universale, pardon, la universale zoofilia, che
Mo pratica con convinzione (e del tutto istintivamente),
dalle specie superiori, come quella dei gatti, fino ai grilli e
all'ultima delle formiche, può produrre, mi dispiace, vere
catastrofi. Infatti, il risultato piú tangibile di quella spia-
cevole scena fu che, da quel momento, invece di fare inutili offerte votive a chi non era in grado di capirle, io i to-
pi me li mangiai in cantina, appena catturati, intervallan-
doli sapientemente fra una contemplazione e l'altra.

Torniamo alla notte. Cos'è la notte? La luce diventa sempre piú fioca, a poco a poco si spegne, subentra il buio. Ma
in casa nostra in città e tutt'intorno, il buio era solo un mi-
sero spazio residuale tra una luce e l'altra e stava lí, si direbbe, solo per essere il piú efficacemente e rapidamente
annullato da un'altra luce che prima non c'era. Di buio in
città, a pensarci bene, ce n'è assai poco. Se dipendesse dagli umani, infatti, non ci sarebbe piú oscurità da nessuna
parte: si direbbe che, dopo tanti secoli di famigliarità, ormai ne provino inquietudine e paura. (La tenebra, sia fuori che dentro, li mette terribilmente a disagio, vorrebbero

45

illuminata da un fascio di luce accecante anche la loro psiche piú nascosta: è per questo che, perdutane ogni confidenza, finiranno un giorno per esser travolti dalla tenebra). Tutt'altra cosa, invece, nello spazio sterminato che Pa e Mo si erano inventati per farmi felice. Lí, quando la luce si spegneva, si spegneva sul serio, e intorno non c'era altro che un vastissimo, sconfinato mare buio. La casetta di Pa e di Mo era un'isoletta illuminata in mezzo alle tenebre piú profonde. In città dormivo di notte e vegliavo di giorno. Mi toccava seguire le abitudini degli umani, e d'altra parte non c'era nessun gusto a stare sveglio di notte nella mia cameretta solitaria e silenziosa, e chiusa a doppia mandata. In Paradiso riscoprii che la vita dei gatti gira all'incontrario: dormivo di giorno e vegliavo di notte. In breve: avevo preso ad andare in giro nel buio, come i miei antenati mi avevano insegnato a fare, anche se io non avevo nessuna idea che lo avessero fatto.

Non vorrei apparire presuntuoso, ma voi non sapete cosa vi perdete a non passeggiare in campagna nel buio piú completo. È l'altra faccia della contemplazione Zen, che è prevalentemente diurna, anzi solare (la sabbia, la luce, la pietra): è l'esperienza del primordiale, della notte che c'era dappertutto, prima che qualcuno inventasse la luce artificiale. Forse gli umani non sanno piú seriamente contemplare proprio perché non hanno piú l'esperienza del buio, della notte, della liquida scomparsa nelle tenebre.

Per l'appunto, le prime volte Pa mi voleva tener chiuso in casa. Io grattavo con gli unghioli sulla porta di legno. Mo diceva: «Lascialo andare. Non vedi che vuole?» Pa replicava: «Ho paura che non torni. Che si perda». Ad ascoltarlo bollivo dalla rabbia: chi ha mai sentito parlar d'un gatto che s'è perso? Finalmente Pa mollava: sgusciavo fuori della porta e, uscito dal ristretto giro di luce della lanterna appesa sulla parete della casa, m'immergevo a piccoli passi felpati in quell'oceano nero, in cui io, nero, finivo per sparire completamente, come se anch'io fossi liquido, incorporeo, e mi fossi riversato tutto in esso. Il momento in cui abbandonavo la luce ed entravo nell'oscurità era inebriante: un momento prima io c'ero e subito dopo il cacciatore piú esperto non avrebbe saputo dire di me dov'ero e se c'ero.

Dopo un po' conoscevo alla perfezione strade, sentieri, viottoli e pertugi, siepi e scoscendimenti, campi di grano e oliveti, e di ognuno di questi luoghi io avrei potuto dire chi c'era e com'era chi c'era. Esploravo l'oscurità con il mio fiuto e con quel mio infallibile occhio che raccoglie (e rifrange) ogni piú impercettibile fonte di luce. Una sera, tardissimo, rientravo a casa e Pa era seduto sulla loggetta a leggere un libro. Vedendomi arrivare da lontano fra il lusco e il brusco, il mio sguardo gli si presentò di sguincio mentre anch'io lo guardavo e i miei occhi verdi brillarono per un istante vividamente nel buio piú completo. «Santo cielo! – fece Pa, – chi ti scorgesse all'improvviso di notte senza sapere prima che ci sei, penserebbe davvero di aver incontrato il Signore del Male o il suo Messaggero!» L'affermazione mi lasciò del tutto indifferente. Come al solito, io non facevo altro che essere io, Micio Nero, e non volevo avere niente a che fare con le bizzarre invenzioni degli umani (il Signore del Male? il suo Messaggero? ah, ah, ah!)

Ma il culmine del godimento arrivava tra febbraio e marzo, poco prima del ritorno della primavera. In quella stagione, tutti gli anni (beh, sí: tutti gli anni, non saprei altrimenti come dire), io ero assalito da una vera tempesta ormonale. Da dentro ogni mio equilibrio era sconvolto: non volevo, assolutamente non volevo fare altro che quella cosa. Le passioni umane al confronto mi sembrano acqua fresca. Sarebbe come se uno qualsiasi degli umani da me conosciuto, alzatosi dal letto una mattina, o uscitone di corsa nel pieno della notte, si precipitasse in strada, balzando sulla prima umana da lui incontrata, senza sforzarsi d'intrecciare prima uno straccio di relazione, senza chiedersi se ciò le risultasse gradito oppure no; e d'altra parte, anche come se le umane fossero tutte lí per strada, ben contente se un umano appena incontrato saltasse loro addosso senza pronunciare una parola e... Beh, a me capitava cosí: una forza irresistibile mi faceva uscir di senno, sragionavo, volevo solo quella cosa, ma quella cosa la volevo in maniera unica, totale, incondizionata, appassionata e, diciamolo pure, persino violenta. A casa, in città, diventava presto un inferno: poltrone strappate, tovaglie lacerate, un continuo, incessante andare e venire, accompagnato da quelle manifestazioni che sempre s'accompagnano, in un modo o nell'altro, umani o animali che siano, ai deliri amorosi. Dopo qualche giorno Mo, ormai piú propensa a indulgere con i topolini che con me, faceva: «Si va?»

«Anche domani», replicava Pa, pure lui fuori di sé.

Si ripercorreva tutto il tragitto che ho già descritto, e io durante il percorso impazzavo piú del solito: «Mao, mao, mao, mao, mao...» (questa volta però con l'ansia disperata di finire il viaggio il piú presto possibile), e alla fine s'arrivava in Paradiso, meglio ancora se stava scendendo la sera. Balzavo dall'auto senza neanche guardarmi intorno e sparivo. Di febbraio da quelle parti fa molto freddo: ma il calore che veniva da dentro era come un sole tiepido sempre in funzione. Camminavo rapido sull'erba che la guazza gelata aveva reso rigida e quasi tagliente, m'inoltravo per i sentieri ben noti che, tra il bosco e i campi, portavano a quel raduno e a quell'altro e a quell'altro ancora... Intorno ogni sorta di grugniti, borbottii, lamenti, strida e ululati: un intero popolo animale si muoveva in quelle distese sconfinate, in mezzo alle ramaglie, nel bosco e al margine degli uliveti, tra un frattone e l'altro. Poi, all'improvviso, le grandi tribú dei gatti e delle gatte, acquattati in una forra, acquartierati in una vecchia cantina, aggrovigliati fra loro su di un alto cumulo di legna. Amore e Morte, come si sa, vanno a braccetto. E qualche volta, per avere il piacere, cui sommamente aspiravo, dovetti affrontare il rischio e l'orrore della lotta: la quale anch'essa, se il gatto non è degenerato, è un piacere, tanto piú se intrecciata con l'amore.

Ma di questo non voglio dir altro. La cosa in sé è bellissima, ma preferisco non entrare nei particolari. Non vorrei sprecarne con banali parole umane la singolare intensità.

Chi sa di cosa parlo, non farà fatica a intendermi.

Certe sere, sul tardi, Pa si sgolava sull'orlo della loggetta, gridando a perdifiato: «Micio! Micio! Micio Nero!» Il grido mi giungeva da lontano, fioco ma limpido, come se il gelo della notte lo avesse trasmesso su invisibili fili. Rizzavo le orecchie, preso da un sotterraneo istinto d'obbedienza. Ma le Urí mi chiamavano. E io decisi allora, e una volta per sempre, che per questo motivo, e solo per questo, avrei finto che il richiamo di Pa non fosse giunto fino a me. Quando ricomparivo, magari dopo una settimana, sporco e pieno di ferite, la tempesta ormonale stava ormai declinando e io ero pronto a rientrare (ma sempre con qualche prudente limite e condizione) nel tranquillo, piatto, rassicurante ordine umano.

II. Guerra e pace

1. *Una lontana origine e un lungo viaggio*

A tre mesi di età non c'è niente di meglio per un cane che correre in tondo, forsennatamente, con i suoi cinque fratellini, Prima, Seconda, Terzo, Quarto e Quinta (Sesta sono io, la piú giovane e fragile). Mami, seduta un po' piú in là, ci guarda gravemente: da un po' di tempo, ho notato, non ha piú tanta voglia di occuparsi di noi.

All'ingresso dello stabilimento in cui viviamo c'è un grande cartello con la scritta: «Egyik legjobb kutyatenyészet»[1]. In giro, a semicerchio, ci sono le cellette dove siamo nati e dove viviamo, le piú grandi per le famiglie intere, le piú piccole per gli individui singoli, anche adulti. Da qualche parte lí intorno dovrebbe esserci anche mio padre, ma io non ho mai saputo quale fosse. Nel mezzo, appunto, il grande prato, dove lasciano giocare i piú piccini.

In mezzo alla tenuta dove sorge l'«Egyik legjobb kutyatenyészet» c'è un palazzo a due piani, un po' degradato ma bello. Apparteneva, – anzi, ora è tornato ad appartenere, – alla famiglia Esterházy, grandissimi signori, un tempo proprietari di tutto, anche dei contadini che vivevano da queste parti. Ora un po' meno, ma pure cosí non c'è male. C'è chi dice che anche l'«Egyik legjobb kutyatenyészet», che era di una cooperativa di lavoratori, sia tornato nelle lo-

---

[1] «Rinomato allevamento canino».

ro mani insieme al resto della tenuta. Si dice anche che la coppia di antenati, da cui è disceso tutto il resto, fosse costituita da due cani, maschio e femmina, di proprietà del conte István, morto in esilio a Londra nel 1951. Per questo siamo noti come razza Esterházy (ma questo ormai solo io lo so e potrei, se non ci fossero altre difficoltà, raccontarlo).

Il nostro custode e allevatore è un giovane alto e robusto, con i baffi ben curati che dividono in due il volto, e risponde al nome strano e inconsueto di Polikàrp. Polikàrp è garbato e gentile ed è diventato molto importante per me dal giorno in cui i miei fratellini e le mie sorelline hanno cominciato a scemare. Sí, è accaduto proprio cosí: un giorno è sparita Prima, il giorno dopo Terzo; dopo qualche tempo, insieme, Seconda e Quinta. Siamo rimasti io e Quarto: ci guardavamo mugolando, perché ci voleva poco a capire che qualcosa di grosso stava maturando. Intanto è sparita anche la nostra adorata Mami: un giorno che correvo un po' piú in là del solito mi è parso di scorgerla, immalinconita e solitaria, dentro una delle celle dove stavano i grandi. Poi, una mattina, neanche Quarto c'era piú.

Mi sono ritrovata seduta in terra a guardar in faccia Polikàrp, che, lassú in alto, da un'incommensurabile distanza, mi fissava anche lui. Sembrava impacciato e si mordicchiava un baffo con l'angolo della bocca: poi mi ha dato da mangiare, e io mi sono messa a dormire in quella cella tanto grande per me sola che quasi m'incuteva paura.

Dopo qualche giorno Polikàrp viene a trovarmi, si china quant'era lungo ad accarezzarmi (nonostante la lunga abitudine, lui non aveva mai smesso di comportarsi con noi come un essere molto canino), e poi mi dice: «Holnap, ked-

54

ves, Te és én, egy hosszú útra megyünk»[1]. Ascolto con attenzione quel che mi dice, non ne capisco il senso ma mi fa piacere il tono con cui lo dice: anche quella sera mangio e m'addormento.

Quando la mano di Polikàrp mi afferra per la collottola e m'introduce in una specie di serbatoio con tante sbarrette diritte, la luce del giorno tinge appena di rosa la linea lunga del basso orizzonte. Poi Polikàrp mi deposita, chiusa nel mio contenitore, dentro un contenitore piú grande, su grosse ruote puzzolenti, e il contenitore piú grande, dopo una manciata di brevi segmenti temporali, si muove e va lungo ampi sentieri su cui di qua e di là sfrecciano, apparentemente senza alcuna ragione, molti altri contenitori veloci. Avverto i blandi spostamenti di quel moto uniforme, ogni tanto rotolo su me stessa, quando lo spostamento si fa piú forte. Io un po' dormo e un po' cerco di capire cosa succede. Polikàrp, che sta seduto davanti e non ha niente da fare, ogni tanto, quando il contenitore misteriosamente si ferma, ne scende, fa scendere anche me un poco e mi dà da mangiare.

Poi cala di nuovo la notte e io m'addormento profondamente.

Quando mi risveglio, è giorno fatto e siamo in una grande selva di case, ma cosí fitte, ma cosí intricate, che lo sguardo mi si sperde e preferisco guardare nel fondo della mia scatola buia, dove non c'è altro che la mia piccola ombra. Il contenitore grande si ferma, Polikàrp scende, afferra il contenitore piccolo in cui io sono, entra in quello che sem-

[1] «Domani, carina, io e te faremo insieme un lungo viaggio».

bra un albergo per cani (ce ne sono almeno altri tre o quattro, grandi e piccoli, un po' malinconici, nelle loro cellette lungo le pareti), mi fa uscire, prendendomi per la collottola, mi mostra a un signore magro e impaziente che, al vedermi, fa su e giú con il capo. Polikàrp sembra soddisfatto, stringe la mano al signore, volge le spalle e s'avvia verso la porta. Ma prima di uscire si volta, m'indirizza un sorriso affettuoso (l'ho già detto, Polikàrp era di una pasta speciale) e mi fa: «Isten hozzád, kedves, és sok szerencsét»[1].

Il signore magro non ha per niente il buon carattere di Polikàrp. Dopo che lui se n'è andato, neanche mi ha guardato, mi ha dato un po' da mangiare e poi, senza tanti complimenti, mi ha chiuso in una celletta minuscola. Poi ha spento tutte le luci e anche lui se n'è andato. Lo so che sono monotona e che il mio racconto è pieno di ripetizioni (come del resto capita sempre ai piú piccini), ma anche questa volta non sapevo che fare e mi sono addormentata.

Mi sveglia la luce della lampadina che sta sopra la mia testa in quella specie di retrobottega dove il signore antipatico ha chiuso tutti quanti prima di andarsene, mi stiro per bene, vedo il signore antipatico sulla porta e, dietro di lui, un altro signore, alto, magro, con gli occhiali, i capelli grigi e i baffi esattamente come Polikàrp. Sí, potrebbe essere come Polikàrp. Beh, no; Polikàrp è giovane, sprizza energia, ha le braccia tutte muscolose. Questo, invece, è un po' curvo in avanti, ha la faccia buona ma stanca, non si sa quanta forza abbia nelle mani. Insomma, potrebbe essere la metà di Polikàrp... No, neanche: al massimo un terzo. Insomma, potrebbe essere un Po.

Il signore guarda Po, Po guarda il signore e poi alza e ab-

[1] «Addio, carina, e buona fortuna».

bassa la testa piú volte in su e in giú. Il signore fa un sorriso (arcigno, sí, ma un sorriso), apre la gabbietta e mi fa uscire. Io esco, vado in un angolo e faccio pipí. Il signore grida, Po ride. In fretta e furia il signore mi fa entrare in un'altra gabbietta e Po la prende. Capisco che il signore mi dà a Po e la cosa mi fa molto piacere. Non avevo nessuna voglia di restare in quella stanzetta con il signore antipatico. Po esce di lí, apre uno di quei cosi gommuti con cui son venuta insieme a Polikàrp e mi c'infila dentro. E questa? Non staremo per tornare all'«Egyik legjobb kutyatenyészet»?

E invece no. Lo spostamento è molto piú breve e io non faccio neanche in tempo ad addormentarmi. A un certo punto il contenitore in cui mi trovo insieme a Po esce da uno di quei grandi sentieri su cui di qua e di là sfrecciano tanti altri contenitori veloci, imbocca un sentiero piú piccolo e poi uno piú piccolo e poi uno piú piccolo ancora, e finalmente un sentiero cosí piccolo – stretto com'è fra due siepi alte e robuste – da sembrare forse quel che s'intende (anche nelle favole, ho sentito dire) per un vero, piccolo, autentico sentiero. Il contenitore si ferma con un sobbalzo, Po scende, apre il mio contenitore e fa scendere anche me. Fa un gran freddo: niente, però, in confronto a quello che faceva negli ultimi giorni nelle cellette dell'«Egyik legjobb kutyatenyészet». La mia pellicetta tuttavia mi consente di guardarmi intorno senza preoccupazioni di sorta: mi trovo anche qui su di un grande prato verde, anche se le foglioline delle erbette sono per il gelo rigide e resistenti come tanti piccoli tagliacarte. Zampetto incerta qua e là: poi di scatto mi metto a correre in tondo, improvvisamente felice. C'è Po, c'è prato, c'è gelo, c'è libero (libero? cos'è libero? libero è piacere di fare ciò che piace, ed è la cosa che a me piace di piú), perché non dovrei esser contenta?

Po sorride, felice anche lui. Scopro subito che Po, anche se non è felice per conto suo, è felice se un altro è felice, ed è per questo che lui è cosí spesso felice quando è con me: perché io sono cosí spesso felice quando sono con lui, anche se lui non è sempre del tutto felice. Poi mi alza sulle sue braccia (dunque è forte, se non proprio come Polikàrp, almeno tanto da alzarmi sulle braccia) e mi porta in casa. La casa è grande e calda e in un angolo brilla la luce incomparabile di un fuoco lento ma tenace. Quante scoperte, oggi! Non ho mai visto un fuoco prima d'ora, e questa cosa che riscalda, illuminando, o illumina, riscaldando, mi emoziona tutta. Per l'emozione m'addormento di colpo.

Quando mi risveglio, c'è una sola piccola luce accesa, e quella luce-calore che m'aveva tanto colpito prima ha perso gran parte della sua forza. Po è scomparso e io sono sola.

La casa grande alle mie spalle è buia e silenziosa e io mugolo piano dalla paura. In fondo alla stanza c'è una porta a vetri che dà sulle scale che portano dalla casa alla campagna. Fuori è ancor piú buio che in casa e ci sono grandi piante che si fischiano canzoni fra loro, lottando contro il vento. Mi accuccio e resto lí a guardare. Quanto tempo? Non lo so. So che con ansia aspettavo di sapere.

A un certo punto là fuori luci nel buio, e voci, e rumori sui gradini delle scale. Mi levo in piedi, guardo con fremente attenzione fuori della porta e agito per quanto posso quel mozzicone di coda che per ora mi ritrovo. Due sagome escono dal buio. Uno, senza ombra di dubbio, è Po: ma piú indietro, che trascina qualcosa di pesante e sbircia al di sopra delle spalle dell'altra con aria incerta e preoccupata.

La figura davanti è per me indecifrabile. Alta piú o meno come lui, ha lunghi capelli, una veste che le arriva al ginocchio, gambe diritte che spuntano da sotto la veste, occhi pervinca e niente baffi. Sto vedendo un'altra cosa che finora non avevo visto mai, e cioè una Femmina Umana, ben diversa da Polikàrp e da Po, e anche dal garzone gozzuto dai grandi stivali che ci portava il cibo due volte al giorno nell'«Egyik legjobb kutyatenyészet». Insomma, una piú o meno come me (fatte le debite differenze di età e di status), e che appartiene alla mia medesima razza, o specie, o categoria, o genere (oddio, non si sa piú bene come dire). Luce-Calore-Femmina Umana... Sto quasi svenendo per cosí tante piacevoli scoperte e dietro il vetro mi agito forse un po' scompostamente.

Intanto, attraverso quel vetro, Femmina Umana e io ci guardiamo, ci guardiamo a lungo. Ci guardiamo a lungo perché Femmina Umana, nello scorgermi, si è come impietrita. Nel mio sguardo c'è tutta la dolcezza smarrita di cui sono capace. Il suo, a poco a poco, si fa sempre piú duro e il color pervinca diventa grigio ferro. Dietro, Po appare sempre piú confuso.

Femmina Umana apre la porta di scatto, sicché io sono costretta a indietreggiare precipitosamente. Intanto dalla sua bocca piovono su di me e su Po suoni duri, scattanti come frustate. Po parla suadente, argomenta, ragiona: poi anche la sua voce si alza, batte, ribatte, si fa aspra, stridente. Infine Po spalanca la porta di una stanza, la sbatte con violenza, sparisce.

Siamo rimaste sole noi due, io e Femmina Umana. Io mi sono ritirata in un angolino fra il divano e un mobile scu-

59

ro. Siccome nel codice genetico Esterházy vengono al primo posto l'eleganza e il contegno, non posso che comportarmi come la mia natura mi comanda. Sono sdraiata a terra, con le zampe composte sul davanti e il musetto appoggiato su quella di destra. Apparentemente tranquilla. Ma ho le orecchie schiacciate contro la testa, che per me è sempre segnale di preoccupazione e di timore, e non riesco a trattenere un lieve mugolio intermittente. Che diamine! In fondo, sono come una bambina di due anni che in pochi giorni ha perso la mamma e i fratellini, ha cambiato totalmente i luoghi della sua vita e ora s'inoltra, sola e indifesa, in un mondo sconosciuto, fra urla incomprensibili, fuochi che prima risplendono e poi si spengono e amici che prima ci sono e poi scompaiono!

Femmina Umana ora sta distesa sul divano con le gambe diritte allungate in avanti con iraconda energia e lo sguardo gelido fisso su di me. Per giunta, ora, ad aumentare il mio terrore, manda fumo dal naso e dalla bocca, aspirando uno stecchetto bianco che tiene fra due dita! Passa un tempo infinito. Poi succede qualcosa di strano. Femmina Umana ha smesso di mandar fumo dal naso e dalla bocca. Mi fissa ancora duramente, ma nei suoi occhi il grigio ferro sta tornando pervinca. Io, da parte mia, mantengo le orecchie strette alla testa e mugolo sempre piú debolmente, intontita dalla paura. Poi succede qualcosa di ancor piú strano. Si direbbe che, prima impercettibilmente, poi in maniera sempre piú decisa, Femmina Umana stia scivolando giú dal divano. Pian piano, un trattino dietro l'altro, Femmina Umana vien giú dal divano. Che diavolo succede? Femmina Umana ora è tutta sul pavimento e, con movimenti altrettanto impercettibili, scivola lentamente verso di me. Scivola che ti scivola, è arrivata di fronte a me, esattamente alla mia altezza (che ovviamente non è tanto grande). Per farlo Femmina Umana sta lunga distesa sul pavimento, con la disinvoltura di chi non abbia fatto altro fino a quel momento. La guardo da questa distanza estremamente ravvicinata, gli occhi negli occhi: i suoi occhi sono tornati di un assoluto, limpidissimo color pervinca, e per giunta umidi, come se un po' di brina le fosse scesa dentro dall'alto. Il mio cuore batte forte, anzi fortissimo: tum, tum, tum, tum, tum... Come vorrei che fosse vero quel che comincio a pensare che sia vero! Femmina Umana inizia a parlare. Com'è dolce ora quella voce, come mi piace! «Piccolina, ti ho spaventato! Cattiva che non sono altro! Piccolina, piccolina, piccolina!» Non resisto piú: smetto di tenere le orecchie appiccicate alla testa, compio un gioco di prestigio e le faccio schizzare tutt'e due verso l'alto, muovo freneticamente il mio mozzicone di coda, balzo su di lei, le lecco impetuosamente la fronte, il naso, il mento, gli occhi pervinca. «Sí, – fa lei, – sí, piccolina, piccolina, piccolina...»

S'apre alle nostre spalle la porta, dietro cui Po sbolliva la sua ira. Po troneggia su di noi allibito. Si sente la sua voce: «Che mi venga...» Poi, mentre noi due continuiamo a parlarci e a leccarci (perché anche Femmina Umana non fa che accarezzarmi e baciarmi), si sente armeggiare: dopo un po' la luce-calore s'alza di nuovo intensa, irradia la stanza, raggiunge gli angolini piú lontani, attraversa la porta a vetri, penetra nelle tenebre della notte, va un poco a beneficio degli animaletti del bosco, che, poverini, non hanno a proteggerli né Po né tanto meno, ora, Femmina Umana.

Femmina Umana non ha la pelliccia né le tette calde né la lingua morbida e delicata di Mami: ma ha il suo calore e la sua forza e la sua dolcezza, il suo desiderio spontaneo e disinteressato di piacere e soprattutto di piacermi. Decido in un solo istante che Femmina Umana è, e sarà per sempre da quel momento, la mia Mami, la mia Ma: per i baci che m'ha dato quando tutto sembrava crollarmi addosso, per l'adozione che ha fatto di me, quando sembrava che fossi destinata a diventare, come tante, una povera cagnetta solitaria, sperduta nel mondo freddo e ostile che di sicuro c'è tutto intorno, anche se finora io gli ho dato solo uno sguardo.

Sono grata a Po di avermi condotta a Ma. Ma voglio che Ma sappia che sono sua. Mi getto di nuovo su di lei, torno a leccarle la faccia, m'impadronisco della sua mano, la stringo con la mia bocca quanto posso. Se lei ha adottato me, io ho adottato lei, e con il segno dei miei piccoli denti sulla sua carne solennemente lo proclamo. Finché ci sarà il tempo (e io certo non so quanto), le resterò legata come un cucciolo, un bambino, che guarda alla fonte di tutti i suoi piaceri: il principio della madre, senza il quale nessuno può sopravvivere ed esser felice.

2. «Nomina sunt consequentia rerum»

Ma le avventure non erano finite. Lí faceva un gran fred-do. Niente in confronto a quello che faceva nell'«Egyik legjobb kutyatenyészet», l'ho già detto: ma insomma. La sera m'addormentavo sul tappeto dell'ampia sala, dove in un angolo finiva di consumarsi la grande luce-calore che Po non aveva mai smesso di curare durante la grigia giornata. Nel buio, quando tutte le altre luci erano state spente, e io ero rimasta sola, centinaia di occhi lucenti mi tenevano compagnia, finché m'inabissavo nel sonno piú profondo che si possa immaginare.

La mattina mi svegliavo quando una luce priva di calore cominciava a filtrare dalle persiane solidamente serrate. Po apriva una delle porte interne e io gli rotolavo fra i piedi.

Po, tossicchiando, indossava un pesante giaccone, s'in-filava in testa un berretto a visiera, arrotolava intorno al volto una lunga sciarpa. Non sembrava provare nessun bi-sogno di fare lo stesso con me: evidentemente la mia te-nera pelliccetta gli appariva sufficiente allo scopo e, no-nostante le apparenze, era cosí. Scendevo uno a uno i gra-dini della scaletta che portava giú in basso e in men che non si dica ero immersa nella vita, con Po che mi stava tenacemente e inutilmente attaccato alle costole. Mami, – quand'eravamo piccolissimi, un tempo incalcolabile pri-ma di quello di cui stiamo parlando, e di cui cominciavo a ricordarmi a fatica, – ce lo diceva sempre: «Il Paradiso per un cane è dove si può correre all'infinito senza mai sbattere il naso». Attraversavo una barriera di erba tenera, verde e gelida, come quella dei primi giorni della creazione, costellata di chiazze ghiacciate, su cui scivolavo come una piccola anatra, all'improvviso arrivavo ad affacciarmi su di un balcone di terra, immenso, che scendeva verso il basso e sembrava senza fine: laggiú laggiú una fila di alberi, incerti nella luce smorta, sbordata di pioggia, disegnava il confine dell'universo: «Ma questo è il Paradiso!» gridai felice e sbalordita, pensando alla mia Mami, mentre Po alle mie spalle imbacuccato rideva.

Rientravamo, risalendo a fatica i gradini della scaletta. A metà Po mi raccoglieva da terra e continuava a salire, stringendomi a sé affettuosamente. Al di là della porta a vetri, tutta appannata, s'intravvedeva Ma, che, nella sua pesante vestaglia, i piedi ancora nudi immersi nelle calde babbucce, mi aspettava, spalancando le pervinche. Non appena Po mi passava dalle sue braccia a quelle di Ma, io, torcendomi tutta all'indietro, le coprivo il volto di baci.

Io, se fosse dipeso da me, sarei rimasta lí per sempre, ma evidentemente Ma e Po avevano altre idee per la testa. Una mattina, invece di fare la solita passeggiata sull'erba fredda e verde, Po prende il mio contenitore piccolo e mi ci spinge gentilmente dentro; poi, tutti insieme, saliamo sul loro grande contenitore dalle ruote puzzolenti, che, a un misterioso comando, prende ad andare, e prima percorre stradine strette strette, poi un po' piú larghe, poi ancora piú larghe, poi gigantesche, su cui contenitori simili al nostro sfrecciano insensatamente in su e in giú. Dunque, mi dico confusamente, c'è una ripetizione nelle cose: questo che facciamo l'ho già fatto, e ora lo stiamo rifacendo. Ma rifacendo quanto? Dal fondo della mia piccola memoria riemergono l'«Egyik legjobb kutyatenyészet» e Polikàrp, e il profilo del palazzo Esterházy sullo sfondo. Può darsi che Ma e Po non siano contenti di me: non mi staranno per caso riportando lí?

Poi, attraverso le rade sbarrette del mio contenitore, sbircio le nuche e le carni rosate, rassicuranti, di Ma e di Po, che siedono lí davanti composti, senza fare assolutamente nulla, e tranquillizzata mi dico: «No, non è possibile. Con Ma e con Po è per sempre». Su questo pensiero, cullata dai movimenti molli del contenitore grande, m'addormento di colpo.

Quando mi sveglio, mi sembra di retrocedere nel tempo fino a quel momento non lontano in cui, insieme a Polikàrp, entrai in una giungla fatta d'immense e occhiute costruzioni, lunghe strade diritte popolate da una miriade di grandi insetti metallici, pochi alberi e pochissima terra visibile, essendo tutto il resto seppellito sotto un gigantesco, illimitato mausoleo umano. Qui interviene una nuova e maggiore paura. Non staranno Ma e Po riportandomi da quell'antipatico mercante di carne canina che mi faceva dormire in un microscopico stambugio puzzolente, ancor piú stretto e piccino di quanto io non sia? Terrore, guaiti, agitazione di Ma, irritazione di Po. Ma no, via. Andiamo in tutt'altra direzione. Ecco, il contenitore grosso morbidamente si ferma, Ma e Po scendono, Po prende il mio piccolo contenitore, entra in una porticina. C'è una lunga scala stretta che sale. Po mi mette fuori del contenitore. Io capisco che devo affrontare la salita, mi dò da fare, ma dopo il decimo gradino mi siedo, ansante e con la lingua di fuori. Po ride, mi prende in braccio, sale con piglio sicuro; Ma segue con borse. A un certo punto c'è una larga porta scura, con stuoino. Po mi depone a terra. Annuso a lungo: mah, non ho molta esperienza, ma qui c'è qualcosa o qualcuno di strano. Ma sembra preoccupata e dice: «Sei sicuro? Lo ritieni prudente?» Po, con aria disinvolta, replica: «Ma sí, vedrai». Sto col muso rivolto alla porta e aspetto col cuore che mi batte. Po armeggia con strumenti vari: la porta si spalanca. Al di là della soglia, seduto a guardarci, c'è uno sgorbio nero, grande piú o meno come me, ma, lo capisco subito da come mi guarda, molto, molto piú forte ed esperto. Io non lo conosco, anzi, non ho mai visto in vita mia un individuo di quel tipo (ne ho visti cosí pochi finora in generale!), ma sorrido amichevole e faccio pure, ma piano piano, affinché conosca anche la mia voce e sappia che sono innocua e ben disposta: «Bau bau». Lui al vederci s'inarca come un demonio, gli occhi verdissimi mandano lampi, in un istante diventa grande il doppio, la coda gli schizza verso l'alto, gonfiandosi smisuratamente. Arretro impaurita. Po, ora preoccupatissimo, s'interpone fra me e lui e «Non fare scherzi», dice; e pronuncia qualcosa che dev'essere un nome, o giú di lí, qualcosa come «Misch'ò», un suono davvero barbarico, che gli si attaglia proprio bene. Misch'ò balza all'indietro con un salto prodigioso e sparisce all'interno della casa. Ma è sulla soglia, sbatte con furia le borse a terra: «Che t'avevo detto? C'era da aspettarselo. Come al solito...» Po è sulla difensiva, incerto e balbettante: «Ma no, vedrai, è solo la prima impressione, e poi...»

M'inoltro in quel nuovo e, a quanto sembra, grande spazio (anche se niente di paragonabile all'infinita vastità del mio Paradiso). Le finestre sono alte da cielo a terra e c'è tanta luce: questa è una buona cosa, la luce fa bene al cuore, fa respirare meglio, consente di correre senza rischi. Grandi tappeti: anche questa è una buona cosa, si può dormire bene e quando si vuole. Ovunque quell'odore diffuso e persistente che sembra avvolgere ogni cosa e permeare l'atmosfera: di sicuro quel signore nero cosí sgarbato è qui da tanto tempo, devo tenerne conto. Trotterello per casa con il muso per aria: giro un angolo e lui è lí seduto, tenebroso, con quei suoi gelidi occhi socchiusi. Ora sembra tranquillo, ha ripreso le sue dimensioni normali e attento, molto concentrato, mi guarda.

Forse è l'occasione buona per superare le incomprensioni e stringere amicizia? Forse Misch'ò si è soltanto spaventato a vedermi per la prima volta? Mi affido alla mia natura, che in ogni occasione mi comanda (e sempre mi comanderà) di scegliere la strada piú piacevole. Mi precipito verso di lui, uggiolando dalla contentezza: «Via, siamo amici!» Appena gli sono a tiro, lui, senza scomporsi d'un centimetro, alza una delle sue zampe anteriori, rostrata di unghie come un antico carro da guerra, e mi arpiona d'un colpo solo il naso, il mio delicato nasino, bello e prezioso come un monile raro. Il sangue sprizza a terra e io balzo indietro, urlando scompostamente con tutto il fiato che ho in corpo. Ma e Po irrompono da due direzioni diverse, diversamente agitati. Ma è su tutte le furie: «Che ti avevo detto? Che ti avevo detto? Quel maledetto gattaccio…» Po incespica a parlare, come tutte le volte che si sente in colpa: «Beh, lui, sí… beh, insomma, è un gatto, non un serafino, porca miseria!» Poi, alzando la voce in base al molto da lui praticato principio secondo cui la migliore difesa è l'offesa, grida a squarciagola: «Vuoi che lo butti dalla finestra?!» Nonostante il dolore osservo che Misch'ò, prodigiosamente, in mezzo a tutta questa confusione, non ha mutato aspetto né mosso collo né piegato costa: sembra una statua nera impassibile e indifferente come una sfinge egizia. Intanto Ma mi ha sollevato fra le braccia, mi porta in un suo luogo tutto bianco e profumato, con un fazzolettino mi pulisce il sangue che cola, mi consola con flautate paroline. A poco a poco mi calmo, senza tuttavia cancellare del tutto il ricordo dell'episodio.

Com'è dolce, com'è consolante la stretta di Ma. Smetto di frignare e torno insieme a lei, ma letteralmente attaccata alle sue gambe, nelle altre stanze. Solitudine, silenzio. Misch'ò è agli arresti nei suoi appartamenti. E Po è uscito sbattendo la porta.

Non sto a ricordare istante per istante quanto accadde nei giorni successivi. Misch'ò, liberato dopo una dura reprimenda dalla sua prigionia, scivolava morbido e sfuggente da una stanza all'altra, non mi guardava neanche di sfuggita, si ritirava da sé nel proprio appartamento e spariva per ore. Io, da parte mia, con il naso ancora dolorante, giravo il piú possibile al largo, seguendo passo passo tutti gli spostamenti di Ma, la quale infatti ogni tanto, ridendo, mi diceva: «Verrai sempre e ovunque con me? Allora dovremo attrezzarci!»

Po invece era diventato piú calmo e al tempo stesso come distaccato: trattava Misch'ò con freddezza, ma gentilmente. Me, mi prendeva talvolta in braccio e mi portava giú in basso, con un guinzaglino, a fare due passi intorno al palazzo. Affettuoso anche con me, ma impenetrabile, – un po' come Misch'ò, a cui d'altra parte assomiglia. Insomma, cominciavo a capire che lui, quando c'era da prendere posizione, si tirava indietro.

Bell'affare, vivere con un nemico e con un pavido. Persino l'affetto sviscerato di Ma mi dava qualche volta disagio: mi sarebbe piaciuto di piú averne un po' meno da lei e un po' piú da tutti.

Invece niente: continuavo a commettere errori. Del resto, chi di voi è in grado di capire veramente cosa sia e cosa provi un piccolo cane di tre mesi appena uscito dalla pancia di Mami e gettato nel mondo a cercare una sua collocazione fra Umani affettuosi ma un po' sciocchi e un mostro nero desideroso solo di fargli del male? A tre mesi di età un piccolo cane è qualcosa di mezzo fra l'indistinto e il reale, tra una fervida aspettazione e un'oscillante certezza, ancora non del tutto sicuro di esserci e bisognoso d'esser confortato a ciò istante per istante: un bioccolo di peli, due occhi scuri dolci e pungenti, una bocca perennemente spalancata in un'allegra risatina, – e quattro zampette sempre in movimento per spostarsi, agitarsi, saltare...

La notte venivo portata a dormire nella mia cuccetta al piano di sotto, dove lunghe file di scatoline colorate coprivano tutte le pareti e altre stavano in giro qua e là su mobili, divani, poltrone, in terra, insomma dappertutto... Ora, dovete sapere che il Canpiccolo, ancor piú del Cangrande, ha bisogno di usare la bocca, per il buon motivo che, mentre voi tutti dormite, una duplice sfilza di giovani denti vi si muove e agita instancabilmente al solo scopo di moltiplicarsi, dilatarsi e crescere. Di notte anch'io dormivo; ma all'alba, quando la luce cominciava a filtrare dalle persiane, spesso mi svegliavo e sentivo nella mia bocca germogliare e tumultuare la vita, che aveva bisogno di esercitarsi in qualche modo per crescere e diventare definitiva. Cosí una mattina, non riuscendo a tener testa a quell'inquietudine, scavalcai il bordo basso (e pure cosí rassicurante) della mia cuccetta, mi avvicinai a una di quelle file di piccole scatole addossate alle pareti e l'annusai a lungo. Niente. Materia morta allo stato puro. Ne tirai fuori una con la punta della bocca, ne addentai prima la superficie esterna piú solida, poi a piccoli morsi tenaci attaccai la sostanza interna piú morbida, costituita da una moltitudine di fogli sottilissimi, simili alle erbette dei campi, ma del tutto inerti, senza alcuna vita. Nessunissimo sapore, né gradevole né sgradevole. Niente di paragonabile alla fragranza ancora vivente d'un pezzo di legno appena strappato dal tronco o alla compatta superficie di un osso condito qua e là da frammenti residui di carne: ma insomma, era meglio di niente, un sollievo, un palliativo al mio bisogno di addentare e di lacerare. Dopo la prima, tirai fuori la seconda scatola, poi la terza, e cosí via. Comodamente sdraiata portai avanti a lungo l'esperimento manducatorio. Alla fine, sul pavimento c'era una nevicata di fiocchi color oro pallido, su molti dei quali restavano impressi i segni di strani geroglifici, neri e minuscoli, completamente insensati: «au point vue des plus insignifiantes chos de la vie, nous ne sommes pas un tout materiell t constitué, identique pour   monde»; e poi (e qui veramente non sapevo proprio dove avevo messo le mie fauci), «Viens, mon beau chat Retiens les griffes de ta patte Et laisse-moi plon   tes beaux yeu ».

La mattina di poi la tempesta. Mi risvegliai alle urla di Po veramente disumane (è il caso di dirlo, a disdoro della specie che lui cosí malamente rappresentava), il quale con quanto fiato aveva in gola gridava: «Rembò! Bodlèr!

Verlèn! Prust!» E poi, con tonalità ancor piú dolorosa: «Pleiàd!» Sembrava che un ferro rovente gli stesse bruciando le carni e io piú tardi, quando lo conobbi meglio, capii che quel mondo apparentemente morto, fatto tutto di carta, per lui era davvero una parte del suo corpo. Ma, invece, seduta sulle scale interne, sospesa a guisa di angelo vendicatore fra un piano e l'altro, rideva come una matta: «Il miglior nutrimento per lo spirito! E sa anche scegliere bene, la piccola!» Io, appiattita nella cuccia, tremavo dalla paura. Non c'è dubbio, Po, quando gridava, gridava sul serio. E le risate di Ma, lo capivo anch'io, non erano in quel momento adatte a migliorare la situazione. Però... Però sentivo nella mia bocca il movimento ascensionale e dilatatorio dei denti farsi piú continuo ed esaltato, come se una forza nutritiva fin allora sconosciuta lo sospingesse con rinnovata lena. Rembò! Bodlèr! Verlèn! Prust! Chissà quale ignota, benefica medicina avevo senza saperlo ingoiato, sottraendola ai prediletti esperimenti alchemici di Po, che perciò tanto se ne lamentava.

Nessuno di voi lettori sarà stato, temo, cosí attento da rendersi conto che finora l'individuo che vi parla e al quale, se siete arrivati fin qui, avete prestato una porzione sebbene minuscola della vostra confidenza, è rimasto privo d'identità. Privo di identità? Sento nelle vostre menti il ronzio di pensieri ostili: perché, da quando in qua un cane ha identità? Non voglio affrontare con voi in questo momento una discussione su questo punto, che riprenderò piú avanti, quando avrò piú argomenti. Mi limiterò per ora, piú semplicemente, a osservare che non sono stata ancora "nominata". Vi par poco? Polikàrp solitamente si rivolgeva a me con l'appellativo di "kedves". Ma mi dice "dolce", "piccola", "piccolina". E Po, di cui è già nota l'avarizia nel coniar nomi, non mi fa altro che gesti, accompagnati da ammonimenti del tutto anonimi: «Vieni qua, vai là, fermati, muoviti».

Ora, vi chiedo cosa sarebbe di voi se foste chiamati a gesti e a paroline: «Per favore, caro, vieni qui; se non ti dispiace, piccolina, vai là; attenta, carina, non ti sporcare»; e cosí via. Ognuno di voi penserebbe che ci si rivolga a un altro, e dopo un po' sarebbe la Babele universale. Beh, e perché per i cani dovrebbe esser diverso? Allora, diciamo che "nominare" è fissare un'identità per sempre, fissarla, in realtà, prima che l'identità ci sia anche in forma embrionale, senza sapere nulla, o quasi, di colui o colei con cui si suppone di avere a che fare, – e da lí, come primo elementare ma insostituibile punto di partenza, partire per un lungo viaggio di verifica e di cambiamento. Il nome non è l'identità, ovviamente, ma ne costituisce una condizione essenziale e in qualche modo preliminare. Se una si chiama Caterina o Francesca o Elena e un altro Giovanni, questo vuol dire qualcosa (che cosa, naturalmente, si potrà sapere solo a cose fatte). Ora sentite come andò a me, e se non si deve pensare, proprio tenendo conto del caso mio, che sian giuste le considerazioni precedenti.

Dunque, un giorno s'andava a spasso con il solito guinzaglino per le strade del quartiere dove abitiamo, che è molto vecchio e un po' muffo, e insolitamente (perché di solito o c'è Ma o c'è Po) c'erano con me sia Ma sia Po. Le strade di quel quartiere sbucano quasi tutte di fronte a una costruzione gigantesca, che prima era una fortezza, e prima ancora la tomba strepitosa di un nostro antico concittadino notoriamente megalomane, e intorno a quella costruzione c'è un fossato altrettanto enorme, con spazi ed erbe, alberi e pozzanghere, pensato e realizzato a suo tempo dal megalomane, accanto alle sue inutili grandezze funerarie, come utile e indovinato luogo di svago e ricreazione per tutti gli individui canini circostanti (che, a conforto del mio ragionamento, sono una vera moltitudine).

Ebbene, quando andammo lí per la prima volta, nell'entrare in quel recinto, siccome la gradinata d'ingresso è ampia ma sconnessa, incespicai e mi ritrovai col muso per terra. Dietro di me sentii Ma precipitarsi in mio soccorso ma, prima che lei arrivasse a rimettermi sulle quattro zampe, recuperai da me l'equilibrio e, orgogliosa, mi allontanai zampettando. Ora, dovete sapere che il mio modo di camminare – già allora, ma in modo incomparabilmente piú sicuro ed evidente ora – consiste, piú che nel disporre banalmente una gamba davanti all'altra, nel danzare per cosí dire su ognuna di esse, mantenendo al tempo stesso il perfetto equilibrio di tutto il corpo. Quando mi vide recuperare quasi senza sforzo il mio assetto e procedere disinvoltamente in quel modo, Ma dietro di me gridò a Po: «Dio, ma non vedi com'è elegante? Sembra una contessina!» E poi, subito dopo, mentre io, senza farmene accorgere, allungavo le orecchie deliziata: «La chiamerò Contessa!» In quel momento seppi definitivamente chi ero, e soprattutto chi sarei stata, e pensai: cara Ma, non sai quanto ci sei andata vicina.

3. *Metamorfanti*

Dunque, io, Contessa, di lontana origine Esterházy, vorrei ora raccontarvi... Vorrei ora raccontarvi? Beh, sí, che altro potrei e dovrei, e soprattutto vorrei fare? Gli elementi ci sono tutti. Io e il racconto, in primo luogo: indissolubilmente legati. Formula approssimativa, me ne rendo conto, anzi tautologica: infatti, se non mi raccontassi, non ci sarei. Ci sono perché mi racconto. Anzi, piú esattamente: il racconto sono io. In questo non ci trovo nulla di strano. Si sa che ognuno racconta di sé. Del resto, come potrebbe essere altrimenti? Come si potrebbe raccontare di un perfetto sconosciuto? Dunque, direte voi, Nataša Rostova, Andrej Bolkonskij, Pierre Bezuchov, – e non solo loro, ma anche il crudele Anatolij, anche la bellissima e corrotta Hélène, – non sarebbero stati, prima di scendere sulla pagina scritta e di restarci per sempre, imbalsamati in una sorta d'immobilità funeraria, in attesa che ogni volta il lettore li disseppellisca come tanti Lazzari redivivi, nient'altro che pieghe, angolini, ripostigli, finestre aperte sul luminoso e talvolta sul tenebroso, che, alternandosi come accade in tutte le cose del mondo, un certo conte Lev Tolstoj custodiva e coltivava, magari suo malgrado, dentro di sé? Sí, non c'è ombra di dubbio: è proprio cosí. Se io, meschinella, letterariamente parlando, non sono Nataša Rostova, come per molti versi meriterei di essere, ciò non dipende dall'inadeguatezza delle mie giovani forze (certo non inferiori a quelle di Nataša fanciulla), ma dal fatto che non c'è in giro nessun Lev Tolstoj in grado di pensarmi e di rappresentarmi come effettivamente sono e, soprattutto, come meriterei di apparire. Ma, se invece dipendesse da me, da ciò che io veramente sono e sento prima di diventare personaggio, non ho alcun dubbio che la mia naturale eleganza e la mia impetuosa gioia di vivere sarebbero in grado di competere con le doti che Lev Tolstoj, cavandole miracolosamente dalla propria apparentemente maschilissima natura, aveva un giorno lontano sognato e pensato per quella deliziosa, inimitabile figura di fanciulla, che è Nataša Rostova (con la quale comunque io avverto tanti punti di contatto).

Dunque, – riprendo la mia narrazione, dopo questo necessario chiarimento metodologico-letterario, – vorrei ora raccontarvi cosa accadde poi, durante il mio primo anno di vita. Sapete cosa fa un piccolo cane durante il suo primo anno di vita? Cresce. Bella scoperta, direte voi. No, non mi sono spiegata. Certo, cresce: questo lo sanno tutti. Quel che pochi sanno, e pochissimi riescono anche soltanto a immaginare, è la violenza, la continuità espansiva, l'irruenza con cui la crescita si verifica. Sentivo letteralmente dentro di me i muscoli, le fibre profonde, l'ossatura, la pelliccia, svilupparsi giorno per giorno, rassodarsi, diventare rapidamente, spostamento dopo spostamento, una struttura definitiva. In dodici mesi, come dicono gli umani, sono diventata adulta. La crescita dunque è stata per me come l'esplosione di una bomba. Sono entrata poco fa in questa casa bambina, quasi poppante, e ora son divenuta un'affascinante fanciulla.

Fare tanto percorso in cosí poco tempo è stato esaltante. Non ho fatto che correre e giocare, dormire e correre, saltare e abbaiare, per scaricare all'esterno un po' dell'incredibile energia che mi saliva dentro da tutte le parti. Meglio, e con felicità immensa, tutte le volte che eravamo in Paradiso; ma, per quanto mi era possibile, anche per i vicoli dell'antico quartiere, costringendo Ma e Po a corse furiose dietro di me, e di quando in quando, liberata da ogni vincolo di salvaguardia e di protezione, giú nei fossati dell'antico e provvidenziale megalomane.

Ora sono tutta raccolta e distribuita, cellula per cellula, nella mia stazza grande e ben equilibrata. Nessuno sarebbe in grado di spostare il minimo particolare, neanche se pretendesse di cercare un risultato piú armonico. Piú tranquilla, ormai, visto che la spinta ascensionale quasi violenta si è un poco calmata, mi guardo intorno per capir meglio dove mi trovo e con chi sono. Scopro cosí che non basta piacere: devo anche comprendere se e come il mondo intiero, al di là di Ma e di Po, ma qualche volta comprendendovi anche loro, è disposto a farsi carico della mia presenza, ad accettare, piú o meno benevolmente, che io ci sia. È qui che s'è posto, che voi lo vogliate o no, al di là di quello della "nominazione", pur cosí importante, il problema della mia identità. Tutto è cominciato con un'esperienza diretta, vitale, sulla quale non vorrei sorvolare (sebbene, data la sua spiacevolezza, sia stata piú volte tentata di farlo).

Un giorno era a pranzo da noi Olifante Membruto, il piú grande propalatore di notizie che sia mai esistito, e, fra un boccone e l'altro, parlava infervorandosi, come solo lui è capace di fare, di certe persone poco raccomandabili che aveva incontrato poco tempo prima in uno sperduto villaggio del Cocito: «Guardate, da non credere. Di fronte ai piú potenti, Metalloni e il suo miglior amico, il baldracchetto Alfonso, scodinzolano...» Ma e Po si lanciano una rapida occhiata. L'amico se ne avvede, non capisce cosa succede, perde il filo, tuttavia prova a continuare: «Scodinzolano come...» Io, seduta compostamente accanto al tavolo, lo fisso con aria severa. Lui sente su di sé queste tre paia d'occhi incrociate, s'arresta, afferra alla fine che c'è qualcosa che non funziona, decide di cambiare totalmente discorso e fa peggio: «Insomma, non avete idea di come si comportano servilmente!»

Ah, ecco, era questo che intendeva. Ora, a prescindere dal fatto, puramente episodico in questo contesto, che io sono Contessa e quei due degli ignobili plebei, non posso fare a meno di rilevare, a partire da quanto avevo ascoltato, la pressoché totale inadeguatezza dei linguaggi umanocentrici. Metaforizzare va bene, ma non senza rendersi conto del quoziente di prevaricazione e di violenza che questo può comportare. Gli umani pensano che tutto gli sia consentito, anche in termini di linguaggio, ripeto. Per farmi capire, mi appello a quegli umani, e per fortuna non sono pochi, i quali stanno a mezzo fra il resto dell'umanità e i cani: quegli umani che, se potessero, non disdegnerebbero d'indossare le nostre belle pellicce e di andarsene in giro a quattro zampe.

Qui comincia la parte piú seria del mio discorso, quella cui tengo di piú. Oltre il linguaggio, che c'è? Io, che del linguaggio faccio solitamente a meno, penso l'esperienza:

l'esperienza vissuta, quella da cui tutto parte e a cui tutto ritorna (per me, per Ma, per Po, e per molti altri). Ebbene, nell'esperienza vissuta lo scambio non solo non è impossibile, ma non è neanche tanto raro. Se vogliamo restare alla concretezza del vissuto, mi spiegherò con un esempio. Un giorno, in Paradiso, durante una delle nostre frequentissime passeggiate, su un pendio estremamente ripido sul quale io procedevo a meraviglia, Po non trovò di meglio che buttarsi a quattro zampe anche lui e, cosí facendo, mentre saliva rapido e disinvolto, ogni tanto borbottava: «Ora capisco finalmente che tutto dipende dalla posizione in cui ci si trova!» Uno dei problemi piú complicati della riflessione filosofica gli si era chiarito in un istante, – ma solo perché s'era messo a quattro zampe e invece di pensare non poteva far altro che guardare fisso la terra sottostante, esattamente come me.

Ebbene, cosa vuol dire questo? Vuol dire che ci sono esseri che, in determinate condizioni, volontariamente o involontariamente, trasmigrano l'uno nell'altro, senza cambiare la propria natura: possono calarsi tranquillamente in vesti diverse e restare se stessi. Questi son quelli che io chiamo "metamorfanti": e possono essere sia umani sia animali: anzi, piú esattamente, un po' di tutte e due le cose insieme. È la parte migliore delle specie viventi conosciute: quella che non pensa che essere uomo o cane sia un privilegio, e sarebbe perciò disposta a scambiarsi l'una natura con l'altra, talvolta provvisoriamente o talvolta, nei casi piú clamorosi, anche definitivamente (come quando, ad esempio, uno non ne può piú di essere quel che è e vorrebbe, – è proprio il caso di dirlo, – indossare la pelle di un altro: è un desiderio che sento esprimere tutti i giorni, soprattutto da quando frequento da vicino gli umani).

Per arrivare al dunque: io sono una cana altamente metamorfante: quando vedo Ma, non posso non desiderare d'esser lei. Anche Po è un umano metamorfante: lo vedo da come guarda e tratta Misch'ò. Solo che in lui la pesantezza della natura e delle abitudini umane è piú forte: non è leggero come me, non gli è facile sciogliersi in altro. Ma, invece, è la metamorfante piú prodigiosa che io conosca. Da quando l'ho vista scivolare lentamente da quel divano nella casa in Paradiso, ho capito che non c'è individuo umano piú metamorfante di lei. Tutto il sistema dipende da questo, cioè dall'attitudine piú o meno spiccata alla metamorfòsi: lo vedrete meglio piú avanti. Ma per accorgervene e per comprenderlo, bisogna non equivocare. Il principio è che di lingue ce ne sono infinite, basta non fermarsi alla propria. Per andare avanti, torno perciò al punto di partenza del mio ragionamento.

Non c'è dubbio che io muova sovente la coda. Allo scopo di equilibrarmi, quando mi sposto e corro; piú freneticamente quando, girando in cerchio su me stessa, esploro il terreno intorno a me per trovare qualcosa che sto cercando oppure ho perduto. La muovo però ancor piú spesso e ancor piú significativamente per segnalare il mio umore, un mio stato d'animo. Quando vedo Po, e soprattutto quando vedo Ma, l'agito con energia, da sinistra a destra, da destra a sinistra, e cosí a lungo. E allora? La mia coda non è piú servile dell'alfabeto Morse. E quanto all'universo delle parole e dei suoni, a cui gli umani fanno un costante ed esagerato ricorso, non mi pare che sia cosí semplice, incisivo, chiaro e riconoscibile come il mio. La confusione delle lingue, nata, come spiega il grande poeta Dante Alighieri, da un tipico atto di presunzione umana (umana, sottolineo, non animale), e cioè la Torre di Babele, non ha riguardato affatto la moltitudine dei cani sparsi sulla terra. La nostra lingua è universale, non abbiamo bisogno di traduttori, la nostra coda si muove nello stesso modo in Uganda e in Patagonia, a Londra e in Cisgiordania. Quanto alle lingue degli altri, – per esempio, quelle degli umani, – noi le interpretiamo istantaneamente tutte nel medesimo modo. Hanno voglia a complicare le cose con quella loro loquela fatta di aria fritta! «Ora c'interrogheremo sul senso dell'esistenza...» Guardo fissa negli occhi Ma, che mi fa: «Andiamo?» Io balzo in piedi e vado. Andrei ugualmente, con qualsiasi suono Ma mi rivolgesse quella gentile e gradita richiesta (capivo Polikàrp con quella sua ostrogota favella, non dovrei capire le musichette aggraziate di Ma?)

Le stesse cose si potrebbero dire della mia bocca. La mia bocca ha grosso modo una forma triangolare e segue l'andamento del muso, che è a punta. Sulla punta del muso c'è un naso, bello a vedersi e assolutamente prodigioso, con il quale sarei in grado d'identificare migliaia di odori diversi. Olfatto e gusto sono dunque sullo stesso asse e perfettamente al servizio l'uno dell'altro. Dentro la bocca ho due file di denti robusti, distribuiti secondo un disegno geometrico molto preciso e molto funzionale allo scopo, che sarebbe quello di dilaniare, frantumare e inghiottire. Non mi capita spesso di usarli in questa maniera totalmente dispiegata, dato l'alto livello di civilizzazione – pardon, di brutale artificializzazione – circostante (e questo costituisce uno dei motivi non meno rilevanti di mortificazione e frustrazione da parte mia nel mio rapporto con le abitudini degli umani). Se però mi capita, anche impropriamente, di usarli, vi posso dire che l'effetto risulta sorprendentemente efficace.

Una volta, per strada, individuai da lontano un pezzo di osso fresco in un angolino e, giuntomi a tiro, senza perdere un istante, lo afferrai e me lo tenni stretto in bocca, in attesa del da farsi. Purtroppo oggi gli umani, in ottuso omaggio a quella loro miserabile artificialità, pensano che gli ossi, pensate un po', facciano male ai cani. Perciò Po m'infilò prontamente una delle sue mani in bocca per sottrarmelo. Io non avevo nessuna intenzione di fargli del male: mi limitai a stringere le mandibole per conservare il mio osso. Po ebbe l'impressione che una possente tenaglia gli stritolasse le dita e cominciò a gridare disperatamente: «Contessa, apri la bocca! Apri, apri!» Intanto s'era raccolto intorno a noi un capannello di gente incuriosita e impietosita da quella strana giunzione umano-canina, che sotto i loro occhi si stava verificando (ma tutt'altro che desiderosa, per usare l'espressione piú propria, di metterci le mani, visto l'esito infelice del tentativo precedente); e io, nonostante mi sforzassi, non riuscivo assolutamente a capire come mai, insieme con l'osso che avevo raccolto da terra, mi fosse rimasta in bocca la mano di Po. Quando mi decisi ad aprire le mandibole, semplicemente perché mi ero stancata di quello sciocco tira e molla, dalla mano di Po caddero stille di sangue. E io non avevo avuto nessun'intenzione di fargli del male...

Ebbene, con quella stessa bocca che all'occorrenza diviene una tenaglia, io posso fare un'infinità di altre cose, ognuna con il suo proprio significato. Per esempio, respiro. Ho indosso una folta pelliccia, cresciuta con l'età come ho già detto: l'epidermide da questo punto di vista non m'aiuta. Allora, spalanco sovente la bocca e cavo fuori la mia lingua, che è morbida e carnosa, lasciandola penzolare ora da una parte ora dall'altra, e aspiro quanta piú aria posso: «arf, arf, arf, arf, arf». Ma questo onestamente si potrebbe leggere in qualsiasi libro di storia naturale: effettivamente i cani, tutti i cani, son fatti cosí. Ma io, Contessa, faccio della mia bocca usi anche piú personali. Per esempio, non dimentica del tutto della brutta stretta che gli ho dato, afferro delicatamente la mano di Po e lo tiro a me; e se questo avviene durante una delle nostre frequenti passeggiate, quando riemergo dal folto del bosco, dove c'eravamo provvisoriamente perduti di vista con reciproca preoccupazione, questo serve a fargli capire che non potrei in nessun modo fare a meno di lui, e lui, che lo capisce e lo sa, mi abbandona fiducioso la mano in bocca, perché anch'io sappia che neanche lui potrebbe in nessun modo fare a meno di me. Passeggiamo a lungo cosí, la mano nella bocca, come un padre e una figlia; o forse, – da questo pensiero il vanitoso Po si lascia talvolta tentare, – come due fidanzati. Oppure, con la mia lingua umida, usata come una dichiarazione d'amore, teneramente passo e ripasso il braccio nudo che Ma volentieri mi offre, per farle sapere che il mio massimo godimento è che lei, proprio lei, mi voglia bene.

Se coda e bocca non bastassero, ci sarebbero poi orecchie e occhi. Io ho orecchie lunghe e morbide, d'un colore piú scuro e intenso della mia pelliccia, che è, secondo gli intenditori, «champagne!», e le atteggio in molti modi a seconda del sentimento di volta in volta dominante. Per esempio, schiacciate contro la testa, se sono preoccupata o in tensione; ben levate verso l'alto, se sono attenta o contenta. La forma dei miei occhi è allungata, – «orientale», sottolinea Po, il quale non resiste alla tentazione di ricamare letterariamente anche sulle creature viventi, – di colore scuro, tra il nocciola e il marrone bruciato, che s'intona perfettamente a quello del mio manto, e alle ciglia lunghissime, e biondissime, che tutti mi ammirano. Con questi occhi guardo con viva attenzione le cose: tutte le cose, ma soprattutto Ma e Po, chiedendomi continuamente cosa vogliano da me, continuamente sforzandomi di farmi capire da loro. Gli amici di Ma e di Po commentano: «Ha gli occhi intelligenti (a seconda dei casi: vivaci, parlanti, trasparenti) come quelli di un uomo (variante possibile, ma rara: di una donna)». Io mi sento sprofondare, e a dir la verità anche Ma e Po si guardano imbarazzati, incerti se cominciare ogni volta lo stesso discorso, che finisce sempre per esser troppo lungo e poco capito. Sí, certo, io sono una metamorfante, ma quel che da parte mia porto agli umani non è l'essere simile a loro: è piuttosto la zona d'ombra in cui non c'è né umano né animale, bensí le due cose confuse insieme (lo stesso accade a Ma, e talvolta anche a quel semplicione di Po, sebbene, l'ho già detto, in forma incomparabilmente piú primitiva). Per questo amo gli umani, in caso contrario li odierei, come sono soliti fare tutti gli umani fra loro, in quanto simili (anzi: proprio in quanto simili; si conoscono troppo bene per amarsi). Accade per i miei occhi quel che accade con la mia coda: non ho nessun motivo di nascondere i miei sentimenti. Per questo i miei occhi sono sempre cosí brillanti e trasparenti: ci si vede attraverso la mia anima, che è nobile, senza infingimenti e senza ipocrisie. Essa non ha mai avuto nulla a che fare con l'intollerabile corruzione della storia e del potere. La mia missione "umanitaria" (ah! l'incancellabile, insopprimibile linguaggio umano-centrico!) consiste, coniugandomi con gli umani, nell'innalzarmi, non nell'abbassarmi, nell'innalzarli, non nell'abbassarli. Potrà renderli migliori, se li farà piú simili a me: non viceversa. Spero di riuscirci; ma gli ostacoli sono molti.

Capite ora in che senso si può parlare della mia identità? Dopo questo lungo e forse faticoso discorso, lo voglio dire ora nella maniera piú semplice. Ecco: se vi capitasse d'incontrarmi per strada, dopo aver letto e meditato queste parole, mi riconoscereste. La stessa cosa accadrebbe con Nataša Rostova, qualora, introducendovi abilmente nel suo mondo (che, diversamente dal mio, è tutto letterario), come di sicuro siete in grado di fare, data la vostra enorme cultura, vi accadesse d'incontrarla mentre passeggia con Vera e con Petja nella sua immaginaria ma realissima Arbàt. Vi assicuro che vi farei la stessa impressione.

4. *Una ciotola di cibo*

Crescere significa anche cambiare i rapporti e le proporzioni con il mondo. Quando sono entrata in questa casa, ero piú o meno grande come Misch'ò: ora sono due o tre volte piú alta di lui. Quando lo guardo, devo chinare la testa verso il basso; e lui mi sbircia dal basso, come un bambino piccolo la sua mamma. Non è un cambiamento da poco. Questo non ha modificato la natura delle nostre relazioni: continuiamo a ignorarci, io non ho smesso di aver paura di lui, lui mostra la piú sovrana indifferenza nei miei confronti. Però... Ci capita talvolta d'incrociarci, spostandoci da una stanza all'altra. Quando mi passa accanto, scorgo da vicino il balenare dei suoi occhi verdi: è evidente che lui mi guarda, come io guardo lui. È uno scrutare da lontano, ma intenso: come se stesse chiedendosi chi sono e cosa ci faccio qui. Piú o meno, insomma, le stesse cose che io mi chiedo di lui. Certo, non potremmo essere piú diversi: le differenze tra gli umani, cui alcuni di loro, a quanto sento dire, attribuiscono tanta importanza, apparirebbero al confronto delle bazzecole. Ma le domande, – mi sorprendo talvolta a riflettere, – nonostante le differenze sono le stesse.

C'è poi qualcosa che invece ci unisce. Quando la porta di casa si apre, ed entra Ma, io le corro incontro con disperata felicità: non vedo l'ora di sentire la sua carezza sulla mia testa. Mentre questo accade, con la coda dell'occhio vedo Misch'ò che piú o meno fa la stessa cosa: prende lo slancio, dovunque si trovi, si precipita con me verso la porta, poi all'improvviso si arresta, si siede, e da lí, ovunque si sia arrestato, segue la scena, battendo piano e nervosamente la coda alle proprie spalle. Si vede chiaramente che una sua intensa emozione è rimasta interrotta e che lui guarda con desiderio una cosa che non ha, – o che forse non ha piú. Ma non dimentica mai, passando, di fargli piú carezze sulla testa. Si capisce però che non è la stessa cosa.

Lentamente afferro il senso di quella messinscena, che è duplice. Innanzi tutto, è chiaro che Ma è il centro della faccenda: tutti qui dentro corrono a lei. Po, non ne parliamo nemmeno. Io, quasi per definizione: lei è la mia grande Ma. E Misch'ò? Misch'ò non è forse, come la tradizione dice e ormai persino i libri ripetono, una parte di Po (o di Pa, come lui significativamente preferisce chiamarlo)? Distinguiamo. Senza dubbio è cosí se guardiamo ai dati elementari dell'esistenza: Po e Misch'ò dipendono strettamente l'uno dall'altro, in certi casi sono uno il prolungamento dell'altro, per un lungo periodo sono vissuti tutti e due pensando di poter fare a meno insieme del resto del mondo. Eppure Po dipende da Ma: dunque, anche Misch'ò dipende da Ma, come in qualsiasi sistema stellare che si rispetti. Po e Misch'ò ruotano l'uno intorno all'altro (bell'esempio di combinazione planetaria in cui non c'è un astro principale e un satellite che gli giri intorno, ma due pianeti equivalenti, che hanno rapporti reciproci e solidali fra loro, spostandosi al tempo stesso lungo un asse di traslazione sostanzialmente elicoidale all'infinito); ma tutti e due insieme ruotano a loro volta intorno a Ma.

Questa è la prima cosa. La seconda è che Misch'ò ricorda di Ma qualcosa che io non conosco, e che probabilmente la stessa Ma, a giudicare dal suo modo di comportarsi, sembrerebbe aver dimenticato: una di quelle esperienze, forse, di cui uno solo conserva memoria, e quell'uno va in giro portandosela dentro come un caro ricordo e al tempo stesso come una ferita, sperando che qualcun altro, come lui, alla fine se ne rammenti. Qualcosa come: e perché non potrebbe essere ancora come quella volta che...? Con il tempo avrei imparato che Misch'ò è un tipo fatto così: vorrebbe avere tutto, ma proprio tutto quello che ha avuto e ha perduto, e al tempo stesso non perdere nulla di quello che nel frattempo ha acquistato e felicemente possiede. Insomma: non fa che creare desiderio, cumuli enormi di desiderio, e quando ne ha fatto una montagna, non ha piú la forza (e talvolta la voglia) di scalarla. Non parla: tace ingrugnito. Se dipendesse da me, gli darei volentieri una spinta: su, fatti avanti, se vuoi qualcosa. Non vedi che c'è una moltitudine di gente che aspetta solo di farti un favore? Cerca di piacere, perdiana, e molti, se non tutti, ti restituiranno la cortesia. Ma lui no, duro e ostinato: se piaccio a qualcuno, dovrà essere lui a dirmelo; non piegherò un solo pelo dei miei baffi per fargli capire quanto invece lo desideri e me lo aspetti.

Cosí, un giorno, decisi su quattro zampe di mettere io alla prova il suo stato d'animo, visto che lui non si decideva a smuoversi. Si aprí la porta, entrò Ma, tutti e due ci precipitammo. Però io a un certo punto frenai. Frenai, e mi misi a sedere, in atteggiamento di disponibile attesa. Misch'ò fu colto di sorpresa, mi superò d'un certo spazio, s'arrestò anche lui, anche lui si mise seduto come me ma un po' più avanti di me. Tutti e due eravamo orientati nella stessa direzione, come banderuole che il vento sposta e frena a suo piacimento. Ma veniva verso di noi, fissandoci con attenzione crescente. Quindi anche lei s'arrestò, ci guardò e fece: «Che succede?» Seguí una pausa: sembravamo tutti quanti impietriti dall'attesa. Ma si riscosse e, forse finalmente memore di quel lontano qualcosa che sembrava aver dimenticato, avanzò verso Misch'ò che s'interponeva fra lei e me, lo sollevò tra le sue braccia e cominciò a blandirlo: «Oh, il nostro bellissimo gatto, oh, il nostro adorabile Micio...» Misch'ò sembrò liquefarsi al calore di tanta privilegiata attenzione: lassú tra le braccia di Ma, dove io pure avrei tanto desiderato stare, se le mie accresciute dimensioni non l'avessero reso impossibile (i privilegi si perdono, anche perché cambiano i rapporti fisici tra le cose), cominciò un concerto di cui finora non avevo mai sentito l'eguale, un suono profondo e intenso, come di campane, che dondolassero appese ai fili della sua contentezza. In quel momento, a vederlo e sentirlo congiunto cosí strettamente con Ma, capisco istantaneamente che anche Misch'ò è un metamorfante. E come lui, – ovviamente, – anche Po (il quale, infatti, per lui è Pa; come lei, che per me è Ma, per lui è Mo: capito?) Se è cosí, – ma io sono ormai certa che è cosí, – se anche lui è un metamorfante, com'è possibile che non ci s'intenda?

Seduta, questa volta contemplavo dal basso la scena e, forse a causa della fatica compiuta imponendo la volontà sul mio istinto, vibravo tutta, pur nella mia abituale compostezza, sperando di ricevere presto anch'io il premio della mia difficile scelta. Cosí fu: perché Ma sapeva cosa voleva dire che uno avesse bisogno del suo affetto.

Nei giorni successivi apparentemente non cambiò nulla. Solo mi sembrava di scorgere nello sguardo verde di Misch'ò, quando c'incrociavamo, un lampo beffardo, come se lui pensasse: senza darlo a vedere, carina, t'ho fregato. Poi accadde qualcosa di veramente curioso. Mentre ci spostavamo in una delle nostre ricorrenti migrazioni casalinghe, incontrandoci, invece di proseguire come al solito nelle nostre diverse direzioni, ci arrestammo e, tutti e due seduti, l'una di fronte all'altro, ci guardammo. Ci guardammo, non, come al solito, in tralice, di sfuggita, continuando la nostra passeggiata: ma, seduti l'una di fronte all'altro, ci guardammo negli occhi, a lungo ci guardammo. Molto a lungo ci guardammo. Non accadde nient'altro che questo, – e io non saprei darne nessuna spiegazione. Ma forse la spiegazione non fu altro che questo che accadde: molto a lungo ci guardammo. A un certo punto Misch'ò si levò in piedi, si stirò per quanto era lungo, come soltanto lui sa fare (io, da questo punto di vista, sono soltanto una dilettante), indi s'allontanò sventolando morbidamente la coda. Era chiaro che, per quanto lo riguardava, mi aveva osservato abbastanza.

La lunga attesa si concluse in un modo molto materiale, che grandemente mi sorprese, e che diventa comprensibile solo ricollegandolo alla natura e alle origini di Misch'ò, che certo non erano le mie. Ma mi aveva versato una dose abbondante di cibo nella ciotola e io, infilatoci il muso come di consueto, avevo cominciato tranquillamente a mangiare. Sentii un ronfare continuo accanto a me, – Misch'ò s'avvicinava e s'allontanava senza che nessuno fosse in grado di accorgersene, neanch'io, nonostante il mio fiuto prodigioso, – e poi udii per la prima volta quella sua strana voce, graffiante e un po' stridula: «Fatti un po' in là». «Come?» feci io sorpresa. «Fatti in là, ti ho detto». Senza pensarci su, mi spostai e, seduta, mi misi a guardarlo. Misch'ò tuffò il muso nella mia ciotola e cominciò a mangiare. Sopra di me risuonò la voce di Ma, rivolta a Po: «Ehi, vieni a vedere». Po arrivò strascicando i piedi: «Ah, questa è davvero bella!», si sentí la sua voce sorpresa. Stettero tutti e due in silenzio a guardarci, finché Misch'ò, concluso l'indebito pasto, non cominciò a leccarsi e pulirsi dappertutto, com'è sempre solito fare, ostentando la maggiore indifferenza del mondo. Poi ognuno di noi se n'andò per i fatti suoi.

Piú avanti, entrati in confidenza, Misch'ò mi spiegò che aveva voluto mettermi alla prova. Che per lui, venuto dai marciapiedi della metropoli, non c'è niente di piú importante (anche sul piano simbolico, mi ripeteva) del cibo, con cui, bene o male, si tira avanti. E che, comunque, la personalità dominante fra noi due è lui, e quindi tanto vale che mi ci abitui. Io, naturalmente, la penso in modo del tutto diverso, ma ho ritenuto per ora di non fare obiezioni. Tutte le paci, soprattutto quelle molto desiderate, hanno un prezzo.

III. L'educazione sentimentale

1. *A cosa servono le code*

Invecchiare significa anche cambiare i rapporti e le proporzioni con il mondo. Ora, piú o meno, ho dieci anni (calcolati beninteso secondo i tempi umani: per me la durata trascorsa non sarebbe che un groppo consistente di piccole ferite, che comincia a farmi male). Quando sono entrato in questa casa avevo, tanto per farmi intendere, appena pochi mesi: Pa era un uomo maturo. Ora Pa è sulle soglie della vecchiaia e io, grosso modo, sono come lui; la cana arrivata qui poco tempo fa ancora bambina ha vent'anni, e Mo... Beh, Mo è sempre la stessa, per opinione diffusa, anzi comune, anzi nostra: non cambia mai, è l'unico punto fermo per noi nel tumultuoso e caotico scorrere del tempo.

Insomma, s'è prodotta una gran confusione, e io non ne sentivo alcun bisogno. Tutto è cominciato quel maledetto giorno in cui, sulla soglia di casa, invece di Pa e di Mo, mi son trovato di fronte quell'esserino debole e amichevolmente indisponente a cui gli umani hanno dato il nome inutilmente lungo e indiscutibilmente pretenzioso di Hon'es'à (con questa tonalità e questi accenti soprattutto la chiama Pa: «Hon'es'aaà!»)

Ho avuto quasi un arresto cardiaco. Tratti fondamentali del carattere dei gatti sono la fedeltà e l'immobilità. Anzi, a pensarci bene, la fedeltà non è per noi altro che una forma dell'immobilità: l'immobilità corporea (nessuno sa star fermo come noi), l'immobilità spaziale (amiamo stare per sempre nello stesso luogo), l'immobilità del mondo e degli individui circostanti (non vorremmo mai che cambiassero). Dentro questo recinto picchettato di conferme ci muoviamo, com'è noto, con agilità impressionante: ma perché questo avvenga, è necessario che il mondo intorno a noi resti quel che è sempre stato. Se il mondo intorno si muove freneticamente e traballa, noi al contrario tendiamo a irrigidirci, a difendere la posizione, ad aggredire per reazione gli intrusi e i disturbanti. Stiamo fermi, stiamo fermi noi, rigidi, vigili e aggressivi, affinché il mondo torni alla sua immobilità, alla sua stasi, alla sua inamovibilità. Che bisogno c'è di cambiare il mondo? Solo se il mondo sta fermo, possiamo cambiare noi.

A quell'antipatica supponente di Hon'es'à ho aggiustato subito i connotati, tanto per far capire come stavano i rapporti di forza in questa casa. Ma poi la mia risposta è consistita soprattutto nel tentare di ridare equilibrio al mondo intorno turbato. Stavo a lungo immobile, seduto sulle zampe di dietro, spesso nel cono di luce che, dalle grandi finestre alte fino al cielo, penetrava non avaramente nel salone dei nostri felici (ma ahimè passati!) esperimenti nirvanici. Sullo sfondo, come su di un telone cinematografico, la vita continuava a svolgersi, me assente: Mo galoppava inquieta, inseguendo i suoi molteplici impegni, Pa si agitava prima ancora di sapere per cosa, Hon'es'à correva avanti e indietro, ogni giorno piú grande, ogni giorno piú allegra e sicura di sé. Ci fu un momento in cui, quasi senza essermene accorto prima, mi ritrovai a guardarla di sotto in su: ebbi un nuovo tuffo al cuore e sentii che il movimento intorno a me aveva raggiunto il suo acme. Compresi allora che non bastava star fermi, che per far tornare immobile il mondo in movimento era necessario muoversi, e muoversi in fretta.

Cos'era cambiato? Era cambiata la catena degli affetti, e io, pur senza colpa alcuna, ne ero rimasto escluso. Bisognava rientrarci. Per un povero gatto d'incerta origine e *un peu agé* non era una competizione facile. Cominciai a studiare la situazione. Vidi che ogni giorno si ripeteva la medesima scena. Quando Mo entrava in casa, Hon'es'à le correva incontro e la sommergeva di baci. Quando Mo, a sua volta, l'abbracciava, io capivo che le due – insisto su questa precisazione grammaticale: *le due*, una coppia di soggetti assolutamente femminili, per giunta molto coesi e simpatetici – tendevano a compenetrarsi. Che fossero – che fossero tutte e due – delle metamorfanti? E fino a che punto la loro metamorfòsi[1] era in grado di spingersi? Provai a intrudermi nella loro metamorfòsi con la mia metamorfòsi. Puntai su questo dato istintivo della coscienza (giusto o sbagliato, non potevo saperlo: mi arrischiai a crederlo giusto, poiché, come capita, non avevo altra scelta).

I soggetti femminili ci sono per questo: per dare piú affetto di quanto noi non siamo capaci di dar loro; per darci affetto quando ne abbiamo piú bisogno. Con Mo andò a meraviglia: seppi ancora una volta che, se la compenetrazione non poteva spingersi con me cosí lontano come con Hon'es'à, tuttavia le sue risorse di affetto erano tali che sarebbero bastate anche a me (era già accaduto in passato).

---

[1] Metamorfòsi non è un bizzarro equivalente di metamòrfosi. È invece la capacità, naturale o acquisita, di subire o produrre metamòrfosi; non è il cambiamento, una volta conseguito, ma la forza che lo produce. È ovvio che i metamorfanti ne siano dotati al massimo grado.

Restava Hon'es'à. Me la studiavo giorno per giorno. E ogni giorno di piú capivo che in lei la razza non contava quasi nulla, contava l'individuo, il soggetto volitivo e pensante.

Hon'es'à era un cane costruito a modo suo. Come io ero un gatto costruito a modo mio. Cosa c'è di piú vitale del cibo, che è indispensabile alla sopravvivenza? (Chi non mangia muore, e se si muore la storia che si sta raccontando in quel momento è bell'e finita). La sottoposi perciò a quella prova suprema che consiste nel rinunciare al cibo e dunque nel mettere a rischio volontariamente la propria sopravvivenza in favore di un altro. Lei mise fuori quel suo bel vocione alla Marlene Dietrich, che un po' mi fa rabbrividire e un po' mi delizia: «Come? cosa vuoi da me? non ti par troppo?» Ma poi si tirò indietro e s'adattò a vedermi mangiare nella sua ciotola.

Intendiamoci: nessun rischio vero per la sua vita, non facciamola troppo drammatica. Dopo cinque minuti Pa e Mo gli avevano riempito di nuovo la ciotola e stavano lí a vederla mangiare, inteneriti dalla commozione (poveretta!) Ma insomma, Hon'es'à dimostrò visibilmente che avrebbe di gran lunga preferito convivere che confliggere. E questo mi fece subito piacere. Ci fu, insomma, una specie di cerimonia: una molto semplice ed essenziale comunione del cibo (atto con cui tante paci nella storia, al di là degli orpelli esteriori, si sono consumate), anche se, per la verità, come ho raccontato, io e Hon'es'à mangiammo, com'era giusto, in successione: prima io, e poi lei (ma si sa che spesso, anche nella vita vissuta umana, le comunioni non fanno che celebrare – e celare – un nuovo ordinamento gerarchico, una diversa distribuzione dei rapporti fra padroni e servi).

Ma quel che seguí fu molto piú significativo. Non è vero che dopo ce ne andammo tutti, ognuno per conto suo. Ma e Po sí, avevano tutti e due da seguire qualcuno degli innumerevoli fili, – in gran parte inutili e superflui, e soprattutto fastidiosi, molto fastidiosi, – di cui è intessuta la loro vita. Io e Hon'es'à invece no, restammo da quelle parti e, come eravamo soliti fare, ci sdraiammo in terra e dormimmo. Ma la disposizione dei corpi e soprattutto le modalità del nostro comportamento non furono quella volta senza significato. Stavamo sdraiati con le teste nelle direzioni opposte: dunque, le nostre code finirono per sfiorarsi. Hon'es'à batteva ritmicamente la sua, con delicatezza ma abbastanza intensamente: toccando terra, faceva, ma piano: «tum-tum, tum-tum». Io muovevo di qua e di là la mia, tracciando quei geroglifici silenziosi che nel mio linguaggio vogliono dire: «cosí ora va bene – cosí ora va bene – cosí ora va bene...» Voglio esser chiaro: nulla che approdasse a una vera e propria metamorfòsi: il Gattuomo va bene, ma un Cangatto sembrerebbe anche a me esagerato. Non perché le difformazioni e le rifrazioni del gatto non possano essere anche piú numerose e radicali: c'è stato persino un Gattolupesco, «ke a catuno vo dando un esco, ki non mi dice veritate», e di cui, tanto per dire, tutti sanno che fra gli altri meriti in difesa della verità e della buona ventura, ha avuto anche quello di far scoccare nella mente del padre Dante la scintilla generativa della sua grande *Commedia* (a tanto s'è spinta l'operosa funzione dei gatti nella storia degli altri viventi). E, se ha potuto esserci un Gattolupesco, perché non potrebbe esserci un Cangatto? No, il problema nel caso nostro era un altro: gli intrecci, chiaramente, erano ormai venuti fuori diversi. In quella casa c'era un Gattuomo, e c'era una Canfemmina: le metamorfòsi potevano essere, e di fatto in molte occasioni erano state, e sempre piú in futuro sarebbero state, piú numerose, ma due s'erano ormai imposte come dominanti, ed erano ambedue di natura verticale, non orizzontale, e prevederne altre sembrava per il momento impossibile. Cosa ne sarebbe seguito, si sarebbe visto poi. Ma, molto in sintesi, riducendo i molteplici intrecci all'osso, il quadro che ne risultava era per ora questo.

Sfiorandosi, le nostre due code volevano dire: ecco, ci siamo; ci facciamo sapere che ci siamo; ci fa piacere sapere che ci siamo. Era il massimo che, partendo da tanto lontano, tutti e due potessimo desiderare ed esprimere. Nel momento in cui fummo pieni di questo pensiero, le nostre code smisero simultaneamente di battere e noi cademmo di colpo nel sonno piú profondo.

2. *Pot pourri (la vita quotidiana)*

La sensazione piú impressionante e il piacere piú grande li provavo quando Po e io uscivamo dall'uliveto e c'immergevamo nel bosco. Avete idea di cosa sia un bosco? Di cosa sia veramente? Ne dubito. Se non fosse cosí non stareste tutti ammucchiati in quei devastati mausolei umani che sono le città, e sciamereste come formiche nella solitudine, fittissima di presenze, di un bosco qualsiasi. Nel bosco c'è una moltitudine di vite, sembra di essere in mezzo a una folla, soprattutto se, come capita a me, si è in grado d'individuare la presenza di un uccellino anche a cinquanta metri di distanza. Ma ognuno si fa gli affari suoi: sicché tra una presenza e l'altra è come se si aprisse un mare fatto di foglie, di frasche e di tronchi. Perciò ero contentissima, quando Po s'infilava gli scarponi, afferrava il suo bastone e apriva la famosa porta a vetri. Danzando, mi affiancavo a lui. E quando eravamo nel folto, me ne staccavo per provare l'ebbrezza del Canselvaggio, il cane da cui tutti discendiamo, sia pure conservandone qualche vestigia difficile da cogliere a occhio nudo.

Cangrande, parente e protettore di tutti i cani della terra, cui non a caso Dante, il famoso poeta, si rivolgeva con le espressioni del massimo rispetto e della consuetudine piú affettuosa (e, per avanzare un'osservazione sia pure marginale alle pretese egemoniche di certi miei conviventi, non è privo di significato che nella storia della cultura europea non sia mai venuto alla ribalta un Grangatto), soleva ripetere che un cane come si deve ha l'obbligo di rispettare le regole. Era ciò che pensavo anch'io. Tuttavia, per acquisire il gusto di rispettare le regole, bisogna sapere che gusto si prova a infrangerle: altrimenti, tutto finirebbe inscritto sotto il segno di una banale obbedienza.

Ebbene, il bosco è il luogo misterioso dove io mi azzardo a fare di tutto: per esempio, sparire. Po, lo devo riconoscere, è un buon camminatore: ma, naturalmente, non ha nessuna possibilità di competere con me. Quattro zampe sono decisamente meglio di due: e questo per Po è motivo di profonde riflessioni esistenziali. Se non decide di mettersi anche lui a quattro zampe, – cosa anche questa che, in certe condizioni estreme, si è verificata, – io lo stacco in quattro e quattr'otto. Oltre tutto, nella ramaglia piú fitta, la sua alta statura è un ostacolo, non un vantaggio (altra questione in cui il punto di vista è decisivo).

In due minuti sono nel folto, sola, solissima. Mi volto da tutte le parti, infilo il muso in cento buchi, capto e filtro mille odori, inseguo – per il solo piacere di farlo – una miriade di tracce.

Da lontano, – sempre piú lontano, – giunge il richiamo flebile e un po' disperato di Po: «Contessa! Contessaaà!» Faccio un lungo giro tutt'in tondo dove il bosco è piú fitto, gli ricompaio alle spalle. Lui si volta, mi guarda con aria inferocita: io di sottecchi lo osservo e gli dico: «Ero qui, possibile tu non mi abbia visto?» Po è perplesso, comincia a dubitare: sa bene che il suo sport preferito è scambiare lucciole per lanterne. Si calma, mi fa una carezza sulla testa, riprendiamo la passeggiata. E il gioco ricomincia.

Quando, dopo il pasto della conciliazione, fummo per la prima volta insieme in Paradiso, Pa spalancò la porta a vetri e Hon'es'à fece la mossa d'inseguirmi. Io mi buttai a precipizio per le scale e poi, sempre a gran galoppo, nel prato antistante. Dietro di me sentivo lo scalpitare di Hon'es'à: «dudún dudún, dudún dudún», e il suo robusto anfanare: «arf, arf, arf...» Prima che la punta del suo naso toccasse la punta della mia coda, scartai di botto sulla sinistra, dove sorge un gran gelso diritto: lo raggiunsi, con un balzo solo arrivai ad agganciarlo con tutte le mie unghie (quattro zampe ben rostrate) a metà del tronco, con un'ulteriore, semplice torsione del corpo pervenni alla prima biforcazione e mi ci sistemai, cominciando subito dopo quell'operazione di accurata pulizia del mio corpo che segue istantaneamente a tutte le mie imprese, di qualsiasi natura esse siano. Nel frattempo sbirciavo, con aria ipocritamente indifferente, verso il basso. Hon'es'à aveva appena faticosamente frenato sotto di me e, accucciata sulle zampe posteriori, mi guardava dal basso verso l'alto (ah, ecco trovato il modo di ristabilire le gerarchie!) con l'aria piú stupefatta del mondo. Che soddisfazione! Scacco matto in quattro sgambate: e lei, la deliziosa, elegante aristocratica, ridotta a guardarmi il culo da sotto...

Da allora, tutte le volte che ci accadeva di ripetere questo gioco, mi voltavo indietro mentre correvo a piú non posso e scorgevo nei suoi grandi occhi scuri un'ombra di malcelato disagio: possibile che il demonio nero mi scompaia sempre sotto il naso per ricomparire come un'ombra imprendibile lassú in alto sopra la mia testa? Possibilissimo, invece: in Paradiso ci sono tanti alberi quante auto in città. A questo gioco Hon'es'à non ha capito che è perdente: un tronco su cui saltare con la rapidità di un Houdini io lo avrei sempre trovato.

Questa è una cosa – l'ha detto prima Po, e poi l'ha ripetuto Ma – davvero sorprendente, quasi incredibile. La sera, prima di andare tutti a dormire, io e Po facciamo l'ultima passeggiata. Tutt'intorno è buio, buio profondo: solo la luce fioca di una lampadina sulla loggetta di casa apre una piccola isola di chiarore in quel gran mare oscuro. Sere fa, mentre stavamo tra i cipressi e la siepe, è parso a me, e poi a Po, che un'ombra oscura, piú oscura, per cosí dire, dell'oscurità circostante, ci seguisse. Ci siamo fermati di colpo: accade, da quelle parti, abbastanza frequentemente d'incontrare signore vagabonde dalla lunga coda oppure con una selva di aculei sulla schiena. Che fosse una di queste, inavvertitamente capitata sulla nostra strada? Prima che io, aiutata dal mio olfatto, individuassi in quell'ombra l'effluvio che tanto tempo prima m'aveva colpito sul pianerottolo di casa nostra, si sentí la sua voce graffiante, ingentilita da una punta mielata per l'occasione: «Disturbo?»
Da quella sera la passeggiata notturna si fa in tre: io, Po e Misch'ò. Lui, ogni tanto, sparisce: nel buio si sentono i suoi unghioli grattare contro la superficie legnosa di un albero, poi piú nulla. Po e io alziamo la testa verso l'alto: se c'è luna piena, intravvediamo le sagome dei rami che si levano a toccare le stelle, e là in mezzo, se uno ha la pazienza di aspettare un momento, vede qualcosa di oscuro spostarsi da un punto all'altro dell'oscuro: è Misch'ò che vola da un albero all'altro, approfittando della sua vista notturna prodigiosa. Se invece non c'è la luna, non si vede assolutamente nulla, ma egualmente Po e io alziamo la testa ver-

so l'alto: c'immaginiamo che Misch'ò stia sorvolandoci come un misterioso volatile notturno, una sorta di piccolo e astuto angelo delle tenebre, e vorremmo coglierne i movimenti e le gesta, anche se sappiamo che non possiamo, ciechi come siamo, mentre lui vede tutto. Lui non è piú niente, in un certo senso non c'è piú, non si sente piú, non si sa dove sia finito; eppure, noi due, immobili, stiamo con gli occhi fissi nel buio per tentare di capire se c'è, dove sia finito, come mai non ci sia segno alcuno della sua presenza, neanche il piú piccolo rumore.

Certe sere, stanchi di aspettarlo, torniamo verso casa senza che lui sia ricomparso. Quando rientriamo nel cerchio di luce, lui è là, seduto sul gradino piú alto della scaletta, e ci guarda beffardo.

Pa questa volta è tornato a casa contento. È stato a trovare Mario il filosofo nella sua campagna e l'ha scoperto che giocava con un gattino. Gli ha fatto un gesto, come per dire: «Che diavolo è successo?» E Mario ha risposto con un altro gesto, secco e perentorio, dal basso verso l'alto, che nelle loro conversazioni sta a significare: «Lo spirito soffia dove vuole». Dopo tanti anni Pa e Mario si esprimono piú spesso a gesti che a parole. Il tempo dei discorsi è finito, le parole si sono l'una dopo l'altra logorate, non li interessa piú persuadere, fra loro s'intendono a occhiate, movimenti delle sopracciglia, cenni del capo. La gente intorno li guarda meravigliata. Che fanno quei due? Sono sordomuti? Chi li conosce bene commenta: «Si sono stancati di parlare. Si capiscono cosí».

Ma e Po talvolta bisticciano. Ma fissa duramente negli occhi Po: «Insomma, ci fai o ci sei?» Veramente sarebbe piú giusto dire: cerca di fissare. Ogni volta, infatti, che una situazione del genere si verifica, lo sguardo di Po si fa vacuo, si volge a un qualche punto indeterminato fra cielo e terra, sfugge al confronto. Po non è assente, anzi pensa, anzi pensa intensamente: «Ci faccio o ci sono?» Pausa di atonia. Riprende a pensare: «Io penso che ci faccio. Ma, effettivamente, se ogni volta ci faccio, e questa storia va avanti per mesi, per anni, praticamente da sempre e praticamente senza fine, finisce che ci sono. Allora, per evitare d'essere quel che ci faccio, dovrei...» Il tempo è scaduto. Ma, ancor piú irritata, proclama: «Allora è definitivamente assodato che ci sei». Po si sveglia dalla sua catalessi cogitativa, si sforza di reggere l'urto, si guarda intorno, decide infine di affrontare lo sguardo di Ma fino a quel momento alla vana ricerca del suo. Però subito ricomincia a pensare: «Se ci sono, è inevitabile che ci faccio. Ma ci sono, cosa? È possibile che quel cosa dipenda piú da come ci faccio che da quel che sono?» Lo sguardo di Po torna a farsi vacuo, inafferrabile. Ma fugge dalla stanza, sbattendo la porta.

Pa dopo il pranzo è tornato a sdraiarsi sul divano e si mette di nuovo di fronte al naso quei fogli scricchiolanti, ma, diversamente da una volta, quando questo serviva a favorire l'insorgenza di quella blanda rilassatezza da cui si passava senza soluzione di continuità al nostro Nirvana, ora dopo pochi minuti balza in piedi e grida frasi che ho perfino ritegno a ripetere, come ad esempio: «Siamo nella merda fino al collo!» Se lo dice lui, cui porto il massimo di fiducia e rispetto, non posso che crederci. Ma, naturalmente, se ci credo, io che passo ore e ore a mantenere la piú perfetta pulizia di ogni parte del mio corpo, e nascondo le mie cose immonde sotto uno spesso strato di sabbia, allora ne dovrei dedurre che gli Umani sono precipitati nella sporcizia piú totale, in un vero abisso defecatorio. Mi sfuggono gli oscuri motivi di tale degrado. Riesco con fatica a immaginare quanta fatica e quanto tempo ci vorranno perché gli Umani, leccandosi fin dentro i loro orifizi piú oscuri, come io faccio per abitudine quotidiana, arrivino a liberarsi dalla crosta invereconda da cui si son lasciati avvolgere. I felini sanno che non bisogna arrivare mai a questo punto: la pulizia si fa giorno per giorno, ora per ora.

Con Ma faccio lunghe passeggiate in città. Lei e io, passeggiando, non facciamo che parlare. Ma parla con me a voce alta, senza fermarsi quasi mai. La gente che la vede da lontano la scambia per uno di quegli imbecilli che vanno in giro con l'auricolare e spalancano la bocca e gesticolano, come se stessero da soli chiusi in casa loro. Man mano che s'avvicina, scopre che Ma non ha auricolare e la prende per pazza, ma lei non ci fa nessun caso: l'indifferenza di Ma nei confronti delle opinioni della gente è inimmaginabile.

Il piú delle volte mi racconta storie della sua vita con i cani: «Quando ero bambina, viveva con me un grande cane di nome Buck, gli mettevo una cuffia sulla testa e suonavamo insieme il pianoforte». Il pianoforte? Che è il pianoforte? Ma muove rapidamente in aria le dita delle mani e fa uscire dalla bocca una cascata di suoni: «Din din, don, don, din, din, don, din din...» Lo stupore della gente aumenta a dismisura: che ci fa quella signora bionda ed elegante in mezzo alla strada mentre trasmette all'auricolare una sonata di Liszt? Io comincio a capire: c'è una sorta di magia nella voce degli Umani, che si manifesta con quel ritmo rapido e divertente. Invidio Buck, che, con la cuffia della nonna, strimpellava il pianoforte e giocava cosí allegramente con Ma bambina.

Quando parlo con Ma per la strada, la guardo tutta di fianco, da sotto in su, e sovente le sorrido, perché parlare con lei è la cosa che mi diverte di piú. Una volta una signora si fermò in mezzo al marciapiede e disse a Ma con aria meravigliata: «Ma guarda! Sembra che le stia parlando!» Ma la fissò con aria severa e replicò: «Per forza: mi sta parlando!» La signora si allontanò tutta imbufalita, pensando d'essere stata presa in giro. Io me la ridevo sotto i baffi.

È accaduto qualcosa di prodigioso. Pa si sdraia di nuovo sul divano, ma i fogli scricchiolanti sono scomparsi: nessuno sa che fine abbiano fatto. Pa chiude gli occhi, sta cinque minuti inquieto a pensare chissà cosa, poi i muscoli del viso gli si distendono, la bocca gli si apre a metà, s'addormenta. Io salgo su di lui cautamente, badando a non svegliarlo, mi acciambello sulla sua pancia e mi addormento con lui. È tornata l'immobilità, il mondo intorno s'è fermato: soltanto noi continuiamo a girarci dentro con inesausta lena. Il domestico Nirvana, a cui mi sembrava di non poter piú aspirare, miracolosamente si è ripresentato e ora sta lí, possibile, perché uno di noi due, quello di volta in volta piú disponibile, si apra alla sua facile e gradita irruzione. Mi persuado, ancor piú di quanto il mio carattere spontaneamente energetico non mi predisponga a fare, che il dolce passato può tornare. Basta riconoscerlo. E afferrarlo, se si ripresenta.

A Po è stato interdetto in un caso molto delicato di usare la parola "razza". Po ha acconsentito, in considerazione delle molte ragioni umane che stanno dietro quel divieto, ma ha il brutto vizio di voler essere equanime a tutti i costi: se non la può usare in quel caso, non la userà in nessun altro.

Questo rende piú complicate le conversazioni con la gente. Un signore gli si avvicina e fa: «Bellissimo cane». «Cana», replica lui (ossequiente alle mutazioni femministe del discorso: "direttora" e non "direttrice", "senatora" e non "senatrice", ecc.). «Ah, cana, – raccoglie compiacente il signore. – E di che razza è?» Po vacilla imbarazzato: «Beh, razza... Razza, non direi proprio... Specie, penso... Categoria, forse...» Il signore, che insegna filosofia nel liceo all'angolo della strada, si mette a ridere: «Specie? categoria? Ma vuole scherzare?»

Poi scandisce come se fosse in aula: «Specie: umana; specie: animale. Categoria: ferroviere, metalmeccanico, casalinga». Poi guarda Po, interrogativo: «Allora?»

Po si confonde ancora di piú: «Che vuole che le dica...» Infine decide di tagliar corto: «Non lo so», e si allontana in fretta, strattonandomi al guinzaglio. Per questo motivo nessuno sa e saprà mai di che razza sono, con tutte quelle lontane e segrete specificazioni che io sola conosco, e che ormai non potrò piú dire, infrangendo la mia pudica riservatezza. A me dispiace perdere una parte della mia identità. Ma su questo sono d'accordo con Po: vale di piú ciò che io sono di qualsiasi razza.

Pa pensa da tempo (ma quand'era bambino con intensità e convinzione ancora maggiori di ora) che gli animali non siano in nulla inferiori agli umani: sono piú eleganti, piú resistenti, piú coraggiosi, piú affidabili, piú adattabili, piú sinceri, piú affettuosi, piú fedeli degli umani. Su di un solo punto non può non pensare che gli umani non la cedano agli animali: gli umani guardano il cielo, gli animali no. Persino gli uccelli vivono in cielo, ma non guardano il cielo: guardano diritti davanti a loro o intorno a loro, oppure guardano in basso, verso la terra; ma non guardano verso l'alto, verso il cielo. «Da ciò, – pensa Pa, – deriva la maggior parte dei guai umani. Con le loro quattro zampe, e il loro sguardo sempre orientato verso il basso, gli animali sono solidamente ancorati alla terra, alla sua sempre cangiante e pure fortunatamente limitata perennità. A forza di osservare le nuvole che passano e di scrutare le profondità celesti che si levano sopra di noi, agli uomini, – e anche alle donne, diciamo la verità, da questo punto di vista non c'è molta differenza, – gira la testa: perdono il controllo, si staccano, o vorrebbero staccarsi, da terra, arrivano a enfatizzare (anche brutalmente, anche, ahimè, bestialmente) la loro diversità. Del resto, si dice comunemente (per significare una situazione psicologica un po' anormale): "montarsi la testa"; oppure: "avere la testa fra le nuvole". Si potrebbero usare queste espressioni, se gli uomini, e le donne, sapessero guardare solo verso terra, se anche loro, come ad esempio i cani e i gatti, fossero solidamente e tranquillamente ancorati all'unico elemento che li ha generati e gli consente di esserci?» «Dunque, – conclude malinconicamente Pa, – anche quel solo carattere, che potrebbe apparire di superiorità, si risolve in un motivo di preoccupazione e di disfatta per la specie umana. Non è detto che siamo piú felici perché siamo in grado di esplorare gli abissi del tempo e dello spazio, quelli di cui, appunto, abbiamo potuto scoprire l'esistenza solo guardando al di sopra di noi, verso il cielo».

A questo punto, immancabilmente, Pa si china ad accarezzarmi la testa. Si potrebbe pensare che voglia rassicurarmi. No, no: è lui che ha bisogno di essere rassicurato. Attraverso il contatto con me riprende il rapporto con il mondo reale, esce dalla stanza dei suoi pensieri, scende dalle nuvole alla terra, – la terra molto amata della sua infanzia, – cerca di calarsi nell'immaginazione limitata ma precisa di un essere vivente senza grandi orizzonti, ma sicuro di esserci, e senza grandi problemi perché c'è. Poi, ahimè, riprende a pensare.

3. *Sonno, dolce sonno!*

Sorpresa! Questa riflessione è frutto insieme, e per la prima volta, di Micio Nero e Contessa, di Misch'ò e di Hon'es'à. Veramente dovremmo dire che l'abbiamo concepita io e lei, oppure lui e io, ma non sapremmo da quale dei due cominciare, perché questa volta siamo davvero insieme: due, e insieme. Abbiamo escogitato questo *coup de théâtre* e, se non proprio steso, vissuto e pensato durante qualche lunga serata d'inverno, mentre la luce-calore esplode con maggior vigore in quell'angolo appartato della stanza che chiamano camino, e noi due, coricati lí davanti, con tutte le nostre membra dispiegate di fronte alla benefica vampa, ne godiamo tutti i vantaggi e tutti i piaceri; oppure nel corso di un assolato pomeriggio estivo, quando, estenuati dal caldo e dalla luce, cerchiamo entrambi protezione e ristoro alla fresca ombra del grande gelso. Lo avrete del resto già capito e appreso dalle nostre ormai lunghe narrazioni: per noi due, quando non c'è altro da fare, quando non c'è da agire, quando non c'è da amare, il sonno è la nostra condizione abituale: la nostra esistenza normale, il nostro piacere piú grande.

Se, a differenza degli umani, non soffriamo nevrosi, non patiamo antagonismi, non portiamo il segno di traumi, ciò accade perché cosí a lungo e cosí profondamente cadiamo nel sonno piú profondo: nelle situazioni piú diverse, – nel bel mezzo di una stanza dove gli umani conversano o celebrano uno dei loro stupidi riti, sul ciglio di un bosco, sotto un cespuglio ai margini di una spiaggia assolata, – nelle forme piú strane, – stesi lunghi quanti siamo, acciambellati, con le zampe sul muso, con la testa infilata sotto il corpo, – nei momenti meno prevedibili, – giorno alto, notte fonda, alba, mattino, pomeriggio, sera: tutte le volte che possiamo, quando possiamo, ovunque possiamo.

Congiunti fra noi ad angolo retto, disposti a semicerchio, abbattuti dal sopravvenire istantaneo del sonno, come soldati sotto il fuoco della mitraglia, muso contro muso, coda contro coda, risaliamo insieme all'indietro, verso quella misteriosa voragine dove la vita fu unica, e dove essa torna inesauribilmente a germinare, affinché possiamo recuperare almeno in parte ciò che ogni giorno perdiamo vivendo.

Non abbiamo bisogno di orari, di letti e di camere da letto per addormentarci e dormire, e neanche di sveglie, o altri ammennicoli del genere, per balzar in piedi e ripartire, agili e pronti come se non avessimo fatto, fino a quel momento, altro che aspettare quel momento; e se di tanto in tanto ci scappa qualche sbadiglio, non è per l'incompiutezza o l'insoddisfazione del sonno testé terminato, ma per desiderio e anticipazione di quello futuro. Non è mai accaduto, infatti, nella nostra storia, che il sonno ci venisse a mancare o s'interrompesse per un motivo che non fosse la sazietà, la soddisfazione piú completa: non conosciamo il tormento dell'insonnia, non ci capita mai di risvegliarci nel cuore della notte con gli occhi sbarrati e la bocca tremante; se un indiscreto fattore di disturbo c'interrompe il sonno dall'esterno, siamo capaci di riaddormentarci di colpo dopo un istante.

Se una cosí gran parte della nostra vita è riservata al sonno, non è difficile capire da dove venga quell'inesauribile risorsa di energia, quella vera e propria carica vitale che ci caratterizza. Abbiate la compiacenza di guardarvi nello specchio, lettori umani (se mai ce ne saranno): solchi profondi incidono ogni giorno di piú i vostri volti tesi e preoccupati; il vostro sguardo è intorbidito dall'ansia della prossima cosa da fare, dell'impegno da rispettare, del rammarico dell'occasione perduta. Se, invece di precipitarvi a capofitto come servi ubbidienti verso il vostro elenco quotidiano di lavori, incontri e *rendez-vous*, aveste il coraggio di ributtarvi sul letto appena sfatto e di riprecipitare nel sonno piú profondo, – da cui pure, lo si vede dal vostro stesso disagio nel guardarvi allo specchio appena alzati, siete, senza che neanche lo sappiate, irresistibilmente tentati, – i solchi si stenderebbero, gli sguardi si farebbero limpidi e sereni come i nostri, la tensione esistenziale si allenterebbe, sareste infallibilmente piú felici.

Dormire, amici, è sparire: sparire nel buio e nel silenzio della nostra intimità piú segreta come nel folto intricato e ombroso del bosco (noi due ne conosciamo le amenità incomparabili, le solitudini senza confronto, gli echi discretamente moltiplicati dall'assenza di qualsiasi rumore, e talvolta, dormendo, mugolando ce le sogniamo, quasi a stabilire un rapporto fra quello stato di veglia sospeso e questo stato di sonno assai vigile). Ovunque siamo, anche nel mezzo del chiacchiericcio umano piú sfrenato, scompariamo: è la nostra tempestiva e temporanea fuga dal mondo, è il nostro raggiungere, in ogni ora del giorno e della notte, l'ultimo rifugio cui tutti aspirano, sostarvi tranquillamente quanto basta a ritemprarci e poi, ritemprati, tornarne con la gratificante sensazione di poterci tornare quando e come vogliamo.

O sonno, dolce sonno, *Süßer Schlaf*! Non solo ogni sera, a ora piú o meno tarda, come accade agli umani: ma sempre e ovunque, in qualsiasi momento della giornata e in qualsiasi situazione, la grazia del sonno si stende per noi, calmante e liberatrice, sopra tormenti e triboli, dolori e angosce. Continuamente ci viene in mente, e a lungo fra noi due ne ragioniamo, l'affermazione di quel geniale ciarlatano di Mesmer, secondo cui il sonno, in cui consiste la vita delle piante e dal quale il bambino nelle prime settimane si sveglia soltanto per prendere il nutrimento, potrebbe essere lo stato naturale e originario di tutti gli esseri viventi, animali e umani, nessuno escluso.

Capite cosa vogliamo dire? Il sonno è in sé una metamorfòsi. Lí dentro, in quel dolce, profondo, insondabile buco oscuro, siamo tutti, inevitabilmente, piú simili. E la condizione originaria, quella da cui tutti proveniamo, – la condizione originaria che precedette la genesi delle differenze, – non dovette essere qualcosa come un grande sonno? Tutti, a un certo punto, ce ne risvegliammo: e quando ce ne risvegliammo, ci guardammo intorno e constatammo con sorpresa che avevamo indosso pellicce o carni implumi, tenere e morbide, lunghe code o estremità arrotondate, piú o meno (a seconda dei casi) callipigie. Ma il sonno unifica, ci fa tornare indietro, all'origine. Non si dorme in dieci modi diversi: si dorme e basta, e quanto piú si è tranquilli, meglio si dorme, e se meglio si dorme, si è piú tranquilli, e se si è piú tranquilli, la differenza tra umani e animali si attenua, anzi, si potrebbe dire che scompare:

prova, questa, dell'origine animale della specie umana (noi, infatti, e non gli umani, abbiamo il privilegio del sonno tranquillo: dunque, se ci sono umani che dormono tranquilli, questi vengono da noi e vanno verso di noi, non viceversa).

Si chiarisce cosí e definitivamente, speriamo, il modesto mistero del Nirvana quotidiano a cui Pa e Po, Micio Nero e Misch'ò cosí volentieri sacrificano. La loro congiunzione, il loro comune sprofondamento vogliono dire soltanto che il loro sonno è lo stesso: dormono lo stesso sonno, come fossero la stessa persona. È cosí, è soprattutto cosí – piú che con lo strumento scherzoso della parola e del gioco – che loro due si riconoscono. Non sono il medesimo corpo. Ma è come se lo diventassero. Nel sonno, nel dolce sonno, la comune origine riemerge. Tornano insieme indietro: verso quell'altrove dove non eravamo diversi.

4. *Una figura chiasmatica*

Pa e Po, Micio Nero e Misch'ò. E poi Ma e Mo, Contessa e Hon'es'à... Il mondo intorno s'è calmato. Ma in questa casa ora c'è una grande confusione. Da qualche giorno Pa è perplesso: Metamorfante uno, Metamorfante due, Metamorfante tre, Metamorfante quattro... E di nuovo: Pa e Mo, Ma e Po... Pa e Mo, Ma e Po... La confusione rischia di diventare un'ossessione.

Pa pensava che in quella casa ci fossero due persone, addirittura per qualche tempo ha meditato di viverci una vita da *single*, ora invece s'accorge che ce ne sono quattro, forse di piú, mentre da ogni parte aleggiano altre misteriose presenze. Stenta a raccapezzarsi, vorrebbe vederci chiaro. Pa pensa che le parole siano cose (qualche volta, a dir la verità, ha pensato il contrario, non ha mai preso una posizione netta e chiara al proposito: l'indecisione, ormai vi è noto, costituisce la sua caratteristica dominante), e perciò chiama a consulto il suo amico Cicero De Mor, che è un grande linguista, anzi, il piú grande che ci sia.

De Mor siede comodamente sul divano di casa nostra (il famoso divano!), e io gli sto acciambellato al fianco, siccome il linguista De Mor non soffre delle stesse fobie di cui soffriva il filosofo Mario prima di scoprire che lo spirito soffia dove vuole. De Mor ascolta Pa che parla, parla, parla, ma in sostanza dice una cosa sola, sempre la stessa:

Pa e Mo, Ma e Po... Pa e Mo, Ma e Po... Quando Pa tace, anche De Mor tace, assorto. Poi si riscuote e dice: «Mi sembra abbastanza chiaro. È una figura a forma di chiasmo. Una figura in cui non solo i termini medi si corrispondono, e si contrappongono, – ma anche gli estremi si contrappongono, – e si corrispondono (sia pure in modo diverso)». Un attimo di pausa, poi De Mor scandisce con timbro didascalico: «Pa *e* Mo, Ma *e* Po». Pa è speranzoso, ma non intravede ancora dove vada a parare il ragionamento. De Mor ora è rassicurante: «Beh, è semplice. Vuol dire che non ci sono due ma quattro soggetti diversi, – quattro, non due (ribadisce con forza), – strettamente intrecciati fra loro e al tempo stesso reciprocamente dialettici e potenzialmente (a questo punto allarga le braccia, come per dire: questo io non lo so, affari tuoi) antagonistici: come si verifica, appunto, nelle figure chiasmatiche».

Pa si riterrebbe tutto sommato abbastanza soddisfatto da questa conclusione, ma De Mor, all'improvviso, s'incupisce e precipita in una riflessione che – Pa lo indovina all'istante – è destinata a essere piú sottile e complessa di quella precedente. «Per quanto... Per quanto...» riprende a bassa voce De Mor, quasi ragionando con se stesso. Pa si mette in allarme: tutte le volte che ha sentito pronunciare l'espressione "per quanto", poi gli è andata storta. «A pensarci bene...» Ahi: anche quando qualcuno "ci ha pensato bene", gli è andata storta: figuriamoci cosa deve aspettarsi dalle due espressioni, "per quanto" e "a pensarci bene", messe in fila, l'una accanto all'altra. De Mor si riscuote, sembra aver sciolto tutti i suoi dubbi metodici, riattacca a voce alta con decisione: «Per quanto, a pensarci bene, si direbbe che, piú che di una figura chiasmatica, si tratti di una figura pseudochiasmatica. Infatti: tanto i due termini

116

interni quanto i due esterni non sono né perfettamente coincidenti né perfettamente contrapposti: c'è contrapposizione, evidentemente, ma non una perfetta identità dei soggetti contrapposti. Pa e Po, Mo e Ma: ognuno di loro, nello pseudochiasmo, guarda se stesso come in uno specchio. Capisci? C'è lui e l'altro da lui, ma l'altro da lui (e, ovviamente, l'altra da lei, stavo per dimenticarmene) non è come se fosse stampato (stampata, *stampata*, ripete piú volte, calcando la voce) sulla pagina nello stesso verso: anzi è rovesciato». De Mor s'arresta un momento, poi riprende: «E rovesciata, ovviamente» (stava per dimenticarsene, ovviamente).

Pa questa volta comincia a preoccuparsi sul serio: sa che De Mor, quando non analizza linguisticamente, linguisticamente filosofeggia (senza volerlo, giustamente, è venuta fuori una specie di chiasmo), e questo non produce sempre esiti rassicuranti. «E allora?» «E allora vuol dire che, in quanto pseudochiasmo, gli intrecci ci sono, ma accompagnati da un alto quoziente di ambiguità. Pa si corrisponde, – e s'intreccia, – con Ma, ma anche con Mo; Ma si corrisponde, – e s'intreccia, – con Pa, ma anche con Po; Po potrebbe corrispondersi anche con Mo, ma anche con Pa; Mo potrebbe corrispondersi con Po, ma anche con Ma; e cosí via a seguire. Dipende da chi guarda in quel momento chi. Questo però lo si può sapere solo di volta in volta, empiricamente, ma, se ti serve, potrei anche farti costruire un modello matematico da uno dei miei molteplici allievi». «O allieve». Pausa. «Sai, poi in pratica il modello matematico ti servirebbe a poco: per applicarlo al caso concreto, ti ci vorrebbe ogni volta un'ora» (Pa pensa: è quello che già mi capita ogni volta, anche senza modello matematico). De Mor, implacabile, riprende: «Insomma, se non mi sbaglio, le figure, invece di due o quattro, potrebbero essere otto o dodici, o forse di piú, e la figura chiasmatica diciamo di primo grado potrebbe trasformarsi in una figura chiasmatica di secondo o terzo o addirittura quarto grado: Pa e Mo, Ma e Po; Pa e Ma, Po e Mo; Pa e Po, Ma e Mo; Mo e Pa, Po e Ma; e cosí via». De Mor appare grandemente soddisfatto: «Capito?» A Pa, che gli aveva chiesto una mano per orientarsi in quel ginepraio, sta girando la testa. Sperava di sistemare le sue cose con Ma, o con Mo, o con me, Micio Nero, o con Hon'es'à (Contessa?), o anche soltanto con se stesso, e si ritrova di fronte una rete di relazioni infinite.

Mentre parla, De Mor mi accarezza lentamente sulla collottola: un gesto un po' troppo accondiscendente e meccanico per i miei gusti, come se gli ingranaggi del suo cervello avessero bisogno di farsi lubrificare dal movimento benevolo della mano. Io lo fisso con gli occhi semichiusi, fingendo indifferenza, ma in realtà attentissimo al ragionamento.

E intanto penso: «Caro professore, non s'è per caso dimenticato anche Lei di alcuni importanti soggetti del chiasmo (o pseudochiasmo, che dir si voglia)? Eccoli qua, senza tirare il discorso troppo per le lunghe: Micio e Contessa, Hon'es'à e Misch'ò o, se preferisce un altro ordine (e dunque, come Lei sempre ci ricorda, un altro senso), Micio e Misch'ò, Contessa e Hon'es'à. Sa quanti dei personaggi che Lei ha evocato esistono solo in quanto sono stati creati da Micio o da Contessa, da Hon'es'à o da Misch'ò? Non c'è bisogno di pensarci molto: almeno la metà – la metà piú importante, dal mio punto di vista, dato che senza di essa questa storia non sarebbe neanche nata (chi avrebbe avuto motivo di ricordare e raccontare le storie di Ma e di Mo, di Pa e di Po, senza che ci fossero Micio e Contessa,

Misch'ò e Hon'es'à?) Ebbene, accettando il suo impianto linguistico, mi faccia vedere Lei quanti chiasmi (o pseudo-chiasmi) verrebbero fuori, schierando sulla scacchiera questi altri fondamentali personaggi della storia, senza i quali, lo ripeto, qualcuno (non so piú esattamente chi) non avrebbe avuto motivo di raccontarla, e cioè Micio e Misch'ò, Contessa e Hon'es'à. Mi permetto di farle qualche esempio, partendo da quelli piú elementari: Pa e Micio, Ma e Contessa; Contessa e Po, Micio e Mo; Po e Mo, Misch'ò e Hon'es'à; Ma e Pa, Misch'ò e Hon'es'à... Vada avanti Lei, che ne è capace. Altro che dodici personaggi, qui ce n'è almeno il triplo. E Pa avrà il suo da fare piú di prima a dipanare la moltitudine degli intrecci».

De Mor smette di accarezzarmi, mi guarda con maggiore attenzione e prova l'impressione inquietante che i miei occhi verdi, sebbene a mezz'asta, lo stiano osservando beffardamente. Sembra colto da una resipiscenza, riflette di nuovo intensamente, poi ricomincia: «Per quanto...» Pa è terrorizzato: sperava in una semplificazione delle ipotesi, ora s'accorge d'esser travolto dalla moltiplicazione degli intrecci. Pensava che la sua fosse una casa solitaria, la ritrova piena di gente. Era convinto di essere uno solo, ora gli viene acclarato – scientificamente acclarato – che è piú d'uno, anzi chissà quanti. Quando guarderà Ma, la guarderà come lui era abituato a guardarla, o la guarderà come la guarda Contessa? E quando lei guarderà lui, a guardarlo sarà la Ma di Contessa o la Mo di Micio Nero? E quando Contessa guarderà Micio Nero, lo guarderà come il suo Misch'ò o come il Micio Nero di Ma e di Mo, di Pa e di Po? Esausto, decide che andrà avanti come ha sempre fatto, per faticosi tentativi, giorno per giorno, senza alcuna regola fissa, senza certezze, e cambia bruscamente discorso: «Ma senti, hai visto Scaricatore l'altro giorno che figura da fesso?» De Mor, stanco anche lui della lunga chiacchierata chiasmatica, afferra al volo l'occasione: «Guarda, davvero da non credere...»

Si sente aprire e chiudere con energia una delle porte d'ingresso. Con un solo balzo acrobatico scavalco le ginocchia di De Mor e il bracciolo del divano e filo rapido verso la porta che s'è aperta, quella del quinto piano, la piú vicina, mentre Hon'es'à si precipita anche lei, dalla cucina dove dormiva, facendo quei suoi strani versi un po' scomposti ed elementari, «Buh, buh, buh», e muovendo freneticamente la coda. Entra Mo, allegra e ridente, le pervinche piú brillanti del solito. Hon'es'à le balza incontro senza posa, cercando di abbracciarla, io le giro intorno alle gambe, inarcando le mie veroniche una dopo l'altra e rivolgendole ripetutamente il mio saluto: «Mao, mao, mao, mao, mao...» Mo si abbassa rapida, bacia sul muso Hon'es'à, mi accarezza piú volte sulla testa con l'affetto partecipe che bisogna mettere in questo genere di cose (e senza il quale è meglio non farle): «Ciao, Micio, ciao, ciao...» Poi si volge verso gli altri due, sorride, fa: «Ciao, Cicero!», saluta Pa con un movimento della testa. I due sembrano imbarazzati, come sorpresi ad armeggiare intorno ad argomenti poco rispettabili. Mo li osserva un istante, poi fa: «Beh, che vi succede? Di che stavate parlando?» «Chiacchiere accademiche», risponde De Mor. Pa annuisce complice con fare sospetto. In realtà si sta chiedendo: quella che è entrata è Ma o è Mo? come faccio a saperlo? Cicero saluta in fretta e se ne va. Mo bacia sul muso Hon'es'à, mi gratta la testa; si abbassa ancor di piú, mi passa la mano sulla pancia, mi gratta la gola. Pa fa uno sforzo pauroso di concentrazione, ci guarda, torna a guardarci, anche lui si gratta la testa, respira a fondo come tutte le volte in cui deve liberare lo stomaco da un peso, finalmente sorride e decide su due piedi di passare una serata piacevole con Ma e con Mo: un po' con Ma e un po' con Mo.

IV. Da qui all'eternità

Sono assolutamente sicura che, come non avete nessun'idea di cosa sia un bosco, cosí non conoscete le città che abitate. Ma se è cosí, in che razza di mondo vivete? Questo io non lo so, ma potrebbe essere in ogni caso un mondo fatto solo di spazi chiusi e soffocanti, l'abitacolo di un'auto, un luogo di lavoro in cui siete reclusi come in un carcere, le tre stanze e cucina in cui si consumano le vostre modeste corride serali e notturne. Torniamo alla città, soprattutto se metropoli. Voi, nel novantanove per cento dei casi, ci passate dentro come fareste in un labirinto privo d'identità e di carattere, nel tentativo affannoso di uscirne il piú rapidamente possibile (ma senza nessuna idea dell'altrove dove andare), sbirciando la targa dell'auto che vi precede per evitare di finirci contro, lanciando occhiate in tralice al cofano dell'auto che vi segue, sperando che non vi finisca contro, al tempo stesso sorvegliando nervosamente a destra e a sinistra il guizzare delinquenziale delle due ruote, per non uccidere o finire ucciso o quanto meno danneggiato seriamente nel corpo e/o negli averi (che per molti di voi, poi, a pensarci bene, come dice De Mor, coincidono). Nel vostro campo percettivo tutto sfuma, tutto si perde, come in una sequenza filmica improvvisamente accelerata: resta solo qualche striscia confusa di colore, un casco decorato alla nazista, un viso mummificato al volante, una moltitudine ossessionante di rumori stridenti e insensati.

Solo la compagnia e la guida di un efficiente individuo canino possono restituirvi la comunicazione con la vostra città. Siamo a piedi, tutti e due (anche se l'altro giorno io e Ma siamo rimaste trasecolate, scorgendo un vecchietto che se ne andava in giro in motorino con il suo cane al guinzaglio: il mondo è bello perché è vario): l'uno è al rimorchio dell'altro (anche se su questo possono svilupparsi contrasti non piccoli: con me Po ogni tanto esplode, alla maniera sua: «Ma insomma, dove cavolo mi stai portando?»); e l'uno e l'altro, anche se il tempo è poco, hanno tempo da perdere, nel senso che quel tempo lí, per quanto poco, è versato tutto sul conto dell'esistenza o almeno, se c'è qualcuno fra voi che preferisce veder nero, della sopravvivenza. È un tempo che non serve a niente, solo a muoversi nello spazio e, appunto, nel tempo. Per molti, per la grande maggioranza, è l'unico tempo senza scopo, cioè l'unico tempo utile.

È solo quando si fanno cose senza scopo, che si scoprono cose a non finire. Vado in giro con Ma, o con Po, attraversiamo con provocatoria lentezza le strade (provocando le brusche frenate e l'auspicabile arresto cardiaco di automobilisti e motociclisti), ci fermiamo pazientemente a tutti gli angoli, svicoliamo per stradine polverose poco frequentate, facciamo una sosta di fronte a questo o a quel negozio, all'uno o all'altro bar prendiamo un caffè e una brioche (Po o Ma il caffè, io la brioche), e a poco a poco quel sipario fatto di apparenze frenetiche e di urgenze non rinviabili si leva e scopriamo che dietro vi si svolge una rappresentazione calmissima, quasi immobile, destinata altrimenti a rimanere sconosciuta. Se mi arresto a contemplarla, finalmente non sarò piú cieca. Ricordatevelo: in ogni metamorfante c'è, piú o meno grande, una componente contemplativa.

Per forza: per trasferirsi in un altro, bisogna anzitutto fermarsi a lungo in se stessi. La conoscenza non può fare a meno della contemplazione: anzi, se non osservate molto una cosa, disinteressandovi del motivo per cui lo fate, anzi dimenticandovelo, come potete pretendere davvero di conoscerla? Allora la mia tesi è questa: per conoscere la vostra città dovete guardarla a lungo, molto lentamente e molto intensamente. Fermarvi. E guardarla. Vi accorgereste allora di vivere in un caos senza limiti, regolato soltanto dai capricci insondabilmente sovrapposti e intrecciati d'infinite generazioni umane. E il caos è confusione: ma anche libertà, fantasia, immaginazione.

Nella metropoli c'è di tutto: fumo, puzze, contenitori sbuffanti e rumorosi di ogni genere, mura secolari, templi eccelsi, modeste ma dignitose periferie, giardinetti stenti e sporchi, ville di rutilante bellezza, marciapiedi sbreccolati e cadenti, fosse d'acqua come in campagna, piante, alberi, erbe selvatiche ricadenti dalle pareti piú moderne, immondi aggregati abitativi piú simili a carceri che a case, baracche, immensi colonnati e suntuosi recinti signorili, esseri umani delle piú diverse specie, bianchi, neri, gialli, olivastri, biondi, scuri, ricciuti, capelluti, completamente rasi, barbuti e baffuti, allegri, simpatici, nevrotici, ricchi e disperati, silenziosi e chiacchieroni, ben messi, eleganti, miserabili; e poi ancora panchine, diecimila tipi di posti di ristoro, bar e baretti, porte e portoni, – e dappertutto orine e cacche di ogni genere… Il bosco, devo riconoscerlo anch'io che sono cane, è piú libero e bello, ma meno vario: qui c'è da perderci la testa.

Questa in cui Ma e Po mi hanno portato a vivere è una grande città, che però è anche un paesone, un villaggio, anzi un borgo nel senso letterale del termine: una cittaduzza cresciuta a dismisura per eccessive, caotiche aggregazioni, provinciale e un po' trucida; insomma, in estrema sintesi: un bellissimo posto pieno di cose morte vive e di cose vive morte.

Camminateci dentro a lungo, gironzolando, con me, con Ma e Po, senza darvi la pena di avere una meta qualsiasi, per queste strade, questi vicoli, queste piazze e piazzette, fino a provarne saturazione. Oltrepassate allora il fiume che tutta l'attraversa, arrivate a nuove strade, nuovi vicoli, nuove piazze. Potreste continuare per giorni interi. Qualche volta con Po torniamo a casa esausti, perché la città si è rivelata superiore alle nostre forze. Il confine di volta in volta raggiunto non era che il piccolo punto di approdo di un'esplorazione destinata a rimanere senza fine. L'articolazione illimitata delle case e delle strade, delle strade e delle case, delle piazze e dei vicoli, delle chiese e dei palazzi, vi consentirà finalmente di capire che non la città appartiene a voi ma voi appartenete alla città, la quale senza di voi ci sarebbe anche se voi non ci foste, e non ci foste mai stati. La città c'era prima che voi ci foste, ci sarà quando voi non ci sarete piú. Questa è la grande forza della città: lei va per conto proprio, non ha bisogno di nessuno, nemmeno, a rigor di termini, di quanti l'abitano. Se non ci fossero loro, ce ne sarebbero altri (magari di colore diverso). Anzi, per coglierne tutta la severa bellezza, dovreste esser capaci (come di tanto in tanto fa Po) d'immaginarvela desertificata come dopo un attacco atomico: via le folle, via le colonne di auto, via il tumultuoso intreccio delle relazioni. Resterebbe uno scheletro geometricamente perfetto, una sorta di deposito immobile della storia, tanto piú equilibrato e armonico quanto piú si avvicina nella realtà alle città ideali e alle città invisibili dei pittori e dei poeti.

La città non si colloca tutta sullo stesso piano, anzi presenta una grande molteplicità di livelli. Per cogliere ognuno di questi, bisogna avere caratteristiche e attitudini appropriate.

Per esempio, Po, che volge spesso gli occhi al cielo (per contemplarlo, per ammirarlo, ma anche semplicemente per dar sfogo al cattivo umore: «Non ne posso piú, che palle!» e leva gli occhi verso l'alto), ha una predilezione particolare per i cornicioni dei palazzi e per i profili superiori delle chiese, timpani o cupole che siano. Ce ne sono di straordinari in questa città, che, pensa Po, è probabilmente tanto piú perfetta e godibile quanto piú si stacca dalla piattaforma puzzolente su cui pian piano è stata edificata. Io, invece, per come sono fatta, per come mi muovo e per la disposizione dei miei sensi, sono incline a esplorare la città soprattutto da una certa altezza in giú. Il nostro baricentro è collocato nel fiuto, e il fiuto ci tira in direzione della terra. Po, che finora non ci aveva mai pensato, a causa della sua leggendaria "testa per aria", ha cominciato insieme a me a guardare il mondo verso il basso, verso ciò che solitamente neanche si vede.

Continuando a girare e girare e girare per la metropoli, osservando con curiosità sempre maggiore quel che una volta si sarebbe definito "mondo sublunare", un giorno Po si è autonominato "archeologo della monnezza". Della "monnezza"? Sí, della "monnezza". E cosa vuol dire "monnez-za"? Non è facile spiegarlo. Secondo De Mor "monnezza" appartiene al novero delle parole "non-equivalenti". Ma-dre, mère, mother, mutter sono parole perfettamente "equi-valenti". L'equivalente di "monnezza" sarebbe "immon-dizia": ma in realtà fra le due semanticamente c'è un abis-so. Immondizia, tanto per dire, suggerisce paradossalmente un'idea di ordine e organizzazione, allude a qualcosa di ri-sistemato e rimesso a posto che non ha nulla a che vedere con ciò di cui si parla, e che invece monnezza, con questi suoi suoni triturati e aspri, rende alla perfezione. Monnez-za è quella striscia di sporcizia profonda e untuosa, ormai in-identificabile e in-classificabile nelle sue diverse com-ponenti, che corre lungo tutti i marciapiedi di tutta la città; è l'accumulo anarchico e inattaccabile di sacchi neri lace-rati, ortaggi, fondi di caffè, sedie sfondate, casseruole ab-bandonate, contenitori di cartone, vecchi televisori, tova-glioli di carta, scarpe logore, indumenti usati, ciabatte spaiate, che si leva come una muraglia cinese intorno ai cas-sonetti municipali, destinati in teoria a raccogliere, – e or-ganizzare, appunto, – la monnezza per trasformarla in im-mondizia, e divenuti anch'essi parte integrante, anzi capi-saldi centrali, veri e propri Fort Apache della monnezza universale; è l'impronta di sudicio prodotta da secolari sfre-gagioni sulle pareti di tutti gli edifici della metropoli, nes-suno escluso, dai sontuosi edifizi nobiliari alle miserabili casette di periferia.

Inevitabilmente chiunque si avventuri per strade e vicoli e piazze di questo borgo-metropoli viene a contatto con la monnezza, certe volte l'attraversa, immergendovisi come fosse un putrido acquitrino tropicale, altre volte, soprat-tutto se è in compagnia di uno di noi, invece di lasciarla al suo squallido destino apparentemente senza storia (ma in realtà una storia c'è, eccome), la esplora, la esamina, la studia, la cataloga con vera attitudine scientifica: non diversamente da quanto accade per qualsiasi altra manifestazione della storia umana, la quale del resto non di rado ha avuto, e tuttora ha a che fare, con la monnezza. Una volta, in un angolo particolarmente appartato del grande colonnato che apre le sue braccia gigantesche a disegnare la grande piazza che accoglie la grande chiesa (la piú grande che ci sia al mondo), irriverente meta abituale delle nostre passeggiate quotidiane, una volta, dicevo, dopo che io, al pari di uno scout fedele e sagace, avevo segnalato a Po la presenza di un qualcosa di strano, Po disseppellí da un mucchio di cartacce il contenitore metallico di una qualche schifosissima bevanda artificiale, il quale portava sul dorso la data di produzione: era di dieci anni prima. «Ehi, – fece Po serio serio: – senza volerlo, Contessa, abbiamo scoperto un reperto archeologico di primaria importanza, quello da cui si potrebbe partire per edificare un nuovo Museo della monnezza cittadina (in concorrenza con altri, del resto, assai prestigiosi in questo campo già esistenti). La sua presenza, infatti, prova *ad abundantiam* che da almeno dieci anni nessuno ha mai pensato di mettere il naso qui dentro». Poi, guardandomi e riflettendo, aggiunse: «Beh, scusami, volevo solo dire che ci vuole naso per fare le cose bene». Io annuii soddisfatta.

Ora, credo, potrete capire meglio quel che intendevo dire fin dall'inizio. La carica semantica di monnezza è incomparabilmente piú vasta e profonda d'immondizia, è come il caos primigenio che abbraccia e comprende la creazione, la quale, in fondo, ne è solo una manifestazione secondaria, che avrebbe potuto esserci, ma anche no, mentre il caos all'inizio c'è per forza, se no cosa ci sarebbe prima di cominciare e come si farebbe a cominciare se non ci fosse qualcosa prima di cominciare? La monnezza è la sporcizia che c'era e ci sarà, che resiste a ogni tentativo umano non dico di batterla ma semplicemente di contrastarla e limitarla, è la sporcizia che è qui e là e altrove e in ogni luogo, lungo linee ininterrotte di continuità. Seguendo i tracciati della monnezza potreste attraversare la città senza mai perderne il filo. Anzi: essa prosegue ben al di là dei confini urbani intesi in senso stretto. Accompagna fedelmente le grandi vie consolari, si dirama nella miriade delle strade secondarie, penetra nelle campagne circostanti e le infetta, arriva fino al mare, insudicia le spiagge, le riempie di detriti immondi, supera i mari seguendo i movimenti delle maree, perviene ad altre spiagge di altri paesi e di altri continenti, risale dalle spiagge alle strade, arriva alle città e le invade, costruisce una rete universale, interoceanica, della sporcizia umana. Solo a decine e decine di chilometri dalle metropoli la natura per suo conto (senza l'intervento umano, voglio dire, ché ogni intervento umano sino a quel momento era stato inane) riprende il sopravvento, le foglie smettono d'essere polverose e tornano brillanti, si può respirare finalmente a pieni polmoni senza timore d'ingoiare un bruscolo di plastica o una manciata di atomi pestilenziali.

Con Ma faccio passeggiate meno culturali ma piú divertenti. Po non fa altro che tentare d'intrudermi nel suo mondo; Ma, invece, s'intrude continuamente nel mio. Lei è preoccupata che la mia *naïveté* canina, quale emerge da tutti i miei comportamenti, possa danneggiarmi. Perciò mi fa le "prediche", contando sulla mia intelligenza, perché io le capisca. Dice: «Contessa, guarda dove metti i piedi, con gli umani non si può mai sapere cosa lasciano di brutto e di sporco dietro di sé». Vorrà dire qualcos'altro, oltre al fatto che, come anche Po ha apertamente teorizzato, la metropoli è sudicia al di là di ogni immaginazione per colpa degli umani? Mah. A giudicare da quel che aggiunge, si direbbe di sí: «Contessa, guardati dall'abbracciare chiunque incontri, come sei solita fare. C'è fra noi umani una sorta d'inclinazione al malaffare, che il piú delle volte si esprime nella calunnia e nel tradimento. E l'invidia? Non sai cos'è l'invidia. Per invidia un umano sarebbe capace di uccidere. Mi correggo: poiché uccidere comporta sempre un certo grado di grandezza, o almeno di coraggio, o anche soltanto di sana follia, la maggior parte si accontenta d'insozzare la felicità altrui con il proprio sudiciume. Capisci? Il sudiciume, che sta già in terra sotto i nostri piedi, sotto le vostre zampe, sta anche nei cuori. E nei cervelli». Fa una pausa: «Degli umani, s'intende». Qualche volta, quando è proprio di malumore, aggiunge: «La mediocrità, la vile mediocrità, è la causa piú frequente dell'invidia fra gli umani».

Io le rispondo: «Mi riesce difficile, Ma, seguire il tuo discorso. Non so neanche lontanamente cosa sia l'invidia. Quanto alla mediocrità, non riesco neppure a immaginarmela: non c'è un cane, per quanto modesto, che non stia al di sopra di un certo livello. Per quel che mi riguarda, mi viene naturale, – il mio "naturale", appunto, – non desiderare altro che bene per il mio prossimo, umano o canino che sia. Come difendermi da qualche cosa di cui non avverto affatto il pericolo?» Esito un istante, perché la vedo farsi ancora piú aggrondata e preoccupata per me. Di sicuro sta pensando: questa qui, se le capita un mascalzone fra i piedi, – mascalzona, aggiunge mentalmente, facendo forza a se stessa, – neanche se ne accorge. Decido che non costa niente rassicurarla: «Comunque, Ma, ti prometto che terrò conto dei tuoi avvertimenti: starò attenta».

Mentre con Po, finita la passeggiata, in genere si torna a casa e ci si risistema, lui davanti, Misch'ò sopra e io sotto la grande scrivania, su cui vanno e vengono incessantemente, – e incomprensibilmente, – le scatoline colorate delle quali la stanza è tutta foderata, con Ma, molto piú affettuosa e comprensiva, il gira e rigira spesso finisce nei giganteschi fossati dell'antico megalomane. Ma è persuasa che è bene parlare e ridere con i diversi. Però capisce anche che talvolta si ha bisogno dei propri simili se ci si vuole sentire davvero a proprio agio. Perciò smette di suonare i suoi itineranti Liszt e Chopin e scende con me in quella straordinaria *agorà* umano-canina. Lí vedrete confusi insieme gli uni e gli altri: parlano tutti fra loro, si muovono a gruppi, chiacchierano, abbaiano, si raccontano storielle, si tirano la palla, e nessuno sa se umano stia parlando con umano, o cane con cane, o umano con cane, o cane con umano, e chi stia tirando la palla, e chi le stia correndo dietro per raccoglierla.

Lí c'è tutta questa confusione, però, se ci siamo, ci siamo perché ci siamo noi: noi cani, intendo dire. Gli altri sono comprimari, accompagnatori, personaggi di secondo piano, talvolta, nei casi migliori (come quello di Ma), piacevoli intrattenitori. Siamo un esercito: piccoli, grandi, minuscoli, pelosi, irsuti, senza pelo, quasi nudi, neri, bianchi, rossicci, brown, champagne!, a strisce, a chiazze, multicolori, in tinta unita. Ma nonostante queste abissali differenze, il nostro continuo anfanare e il nostro assiduo toccarci e annusarci vogliono dire una cosa sola: apparteniamo tutti alla medesima tribú; siamo qui per realizzare la medesima missione: dare a questi umani infelici l'illusione che noi esistiamo per loro (mentre, a guardar bene, è vero esattamente il contrario); fornir loro una guida sicura che li accompagni attraverso i sentieri perigliosi della metropoli; garantirgli che, in caso di perdita della memoria o di un attacco fulminante di *arteriosclerosis precox*, ci sarà qualcuno a riportarli sull'ormai obliata porta di casa. È per questo che gli umani, lí, ci stanno intorno devoti, quasi servizievoli: sanno bene che loro hanno bisogno di noi, non noi di loro.

In mezzo a quella poliforme tribú (anche a questo, lo ammetto, serve starci in mezzo), all'età di un anno, esattamente un sabato mattina, mentre il sole autunnale incorniciava con pittorica precisione il profilo austero dell'antica fortezza, capii per la prima volta che qualcuno mi desiderava. Ma io non ero pronta, e gli mostrai i denti. La cosa per noi è molto semplice: per farlo, bisogna volerlo; e per volerlo, bisogna che la risposta ci venga da dentro, dove la nostra volontà piú profonda si forma. Esiste il corteggiamento, eccome: ma perché produca effetto, noi femmine cane dobbiamo corrispondergli con tutto il nostro essere. Non basta il cervello, l'arzigogolo intellettuale. Non ci seduce la manfrina. Il vettore del desiderio dev'essere totale, andare dalla punta del naso alla punta della coda, passando per tutto il resto.

Un giorno, – ed eravamo ormai verso la fine dell'anno, il solicello stento dei mesi freddi intiepidiva appena la mia pelliccia, – su di un antico ponte che parte dalla fortezza e va verso la città vecchia, tutt'altro che gigantesco, ma incomparabilmente il piú bello del mondo, verso me e Po veniva una coppia quasi simmetrica, ma rovesciata, una signora alta e diritta e un bel cane molto simile a me, ma diverso, di pelo piú lungo e anche piú alto. «Salve! – fece cortesemente quella gentildonna. – Sono la signora Panierini. E questo è Eolo». Po disse il suo nome e aggiunse: «E questa è Contessa». «Che meraviglia!» disse la signora Panierini, quasi soppesandomi con occhio interessato. Io li guardavo attenta, badando a ben nascondere la mia compiaciuta soddisfazione. Il dio dei venti nella sua moderna versione canina sembrava preso invece da una specie di deliquio ondeggiante: pendeva tutto da una parte e uggiolava estatico. Io mi lasciai solo annusare, compiacente. Po e la signora Panierini conversarono a lungo, mentre i grandi angeli del ponte facevano da corteggio pronubo alla scena.

Non sto a raccontarvi i particolari. Ricordo solo che, nei mesi successivi, rividi piú volte Eolo. E da un certo momento in poi il mio impulso vitale mi suggerí di accogliere benevolmente il suo desiderio. Durante i nostri incontri in casa Panierini Eolo mi leccava le orecchie in modo tale che, tornando a casa nostra, mi pendevano inumidite ai lati della testa come fossero uscite allora allora da una pioggia impetuosa. Nel corso della notte si rifiutava di dormire in un altro posto che non fosse dietro la porta di casa: piangeva di desiderio (quale giovane umano ne sarebbe oggi capace?), finché io la mattina, come la fata dei suoi sogni, non ricomparivo. Eolo era irruento, appassionato, gentile e inesperto come un giovane principe. Le vie del desiderio sono infinite. Ma quelle della soddisfazione poche, elementari, talvolta brutali e spesso impervie, e non è sempre facile trovarle, e ancor meno facile ottenere che restino piacevoli e distese come quelle del desiderio. Anche a conoscerle, non è detto che se ne conservi per sempre, come un'arte acquisita, la difficile sapienza.

La signora Panierini raccontò a Ma che ci aveva trovati addormentati sul grande terrazzo di casa, con le zampe davanti intrecciate come due giovani sposi dopo la prima notte d'amore. Io da parte mia ricordo soltanto che fare di due corpi uno solo è la massima trasfigurazione che si possa immaginare. Se la si sperimentasse tutti i giorni, sarebbe ridotta al livello di un modesto caffellatte mattutino. È per questo che a noi la natura impone la sobrietà. Di rado, ma tanto, tanto e forte, mi verrebbe voglia di chiosare: affinché non sopravvengano la noia e la sazietà, e perché poi, quando di nuovo il desiderio sopraggiunga, sia più esaltante. Quando arrivò quella prima volta, mi sembrò che la spinta, nonostante la mia resistenza iniziale, mi proiettasse impetuosamente in avanti, là dove non c'è più bisogno di volere per avere. Seppi così, in un istante solo, che la vita germina davvero solo dove c'è piacere.

2. Il limite dell'esperienza

Sento che qualcosa non funziona, ma non so ancora cosa. Forse è questo: può darsi che le piccole, piccolissime scalfitture che il tempo lascia sulla dura corteccia dei gatti, accumulandosi a poco a poco, abbiano formato una cicatrice sempre piú grossa e sempre piú fastidiosa. La vita germina dove c'è il piacere, quando il piacere viene meno la vita scivola via, cosí insensibilmente che non ve ne accorgete, come acqua su un piano inclinato. In realtà stavo per affrontare, senza saperlo, quel tratto di vita di cui meno si sa in anticipo e meglio è. Per quanto io conoscessi quasi sempre prima degli altri quanto mi sarebbe accaduto, – ed è perciò che i gatti sono sempre stati i compagni prediletti di profeti e pitonesse, – di colpo scoprii un sentimento a me fino a quel momento, e alla mia razza in generale, pressoché ignoto, e cioè l'insicurezza: quello stato d'animo che, diversamente da quanto in genere si pensa, precede e non segue le catastrofi, e spesso le determina. Quando un gatto diventa insicuro (evento in sé eccezionale), vuol dire che qualche equilibrio s'è spezzato. Nel caso mio, che ero figlio di un'irrefrenabile tensione al piacere, destinata, quando piú si manifestava, a travolgere qualsiasi ostacolo, si spezzò l'equilibrio tra volere e piacere. M'accorsi che non potevo piú avere quel che al di sopra di ogni altra cosa desideravo, e cioè il mio piacere. Ancor piú drammatico fu per me che il desiderio venisse meno assai piú lentamente di quanto non accadde con la mia capacità di soddisfarlo. Se le due cose fossero decadute insieme e di colpo, non sarebbe accaduto nulla. Sarei semplicemente, come capita a tanti, transitato senz'angoscia a quello stato di atonia che precede la fine e sovente l'ottunde e la camuffa. Invece, c'è un'età, per alcuni assai lunga, in cui l'una rincorre disperatamente l'altra senza essere piú in grado di raggiungerla. In questa fase i gatti, – e tutti quelli che sono come i gatti, – sono a rischio della vita. In quella rincorsa disperata, infatti, sono disposti a mettere in gioco tutto.

Ero fuori casa da piú di una settimana, e Pa aveva quasi perso la speranza che tornassi. Era capace di alzarsi prestissimo la mattina, per vedere se spuntavo finalmente fuori da qualche parte. Sapevate che ci sono gatti assassini? Il gatto assassino è quello che, non pago di prevalere sui suoi avversari, come normalmente accade, quando li ha sopraffatti, li uccide. Il Rosso era uno di questi. Scendeva ogni notte dal paese in quell'ora intermedia fra l'oscurità e il primo baluginare dell'alba in cui sembra che non debba succedere piú niente e invece succede di tutto. Se la prendeva soprattutto con quelli che avevano avuto meno fortuna, quasi si divertisse a incrudelire con i piú deboli e insicuri. Piovigginava. Avevo trascorso l'intera notte alla ricerca di qualcosa che a quel punto non sarebbe piú arrivato e stavo gironzolando nell'uliveto nella malinconica attesa del giorno, che avrebbe definitivamente concluso la mia sterile ricerca e mi avrebbe obbligato a un'altra, lunga e probabilmente altrettanto inane attesa. Ebbi la sfortuna d'incontrarlo. E la fortuna di scamparne. Avrei potuto fuggire. Ma non l'avevo mai fatto, e non lo feci neanche allora, e di ciò non nutro nessun pentimento (come non si può nutrire pentimento di tutto ciò che è fatale). Nella lotta durissima tuttavia provai per la prima volta tutt'intera la consapevolezza che con il Rosso non ce l'avrei mai potuta fare. Potevo tentare con tutte le mie forze di sopravvivergli. O decidere di restare lí e morire. Decisi, non so perché, di sopravvivere. E quando il Rosso, pur vincitore, desistette, capii che ero vinto, ma non umiliato. In condizioni estreme, anche queste son vittorie.

Quel giorno pioveva, ed erano, come ho detto, le prime luci dell'alba. Pa scrutava inquieto nella semiluce, attento a cogliere dall'alto della loggetta qualche segnale della mia presenza. A un certo punto comparvi in fondo al sentiero, là dove la siepe s'inoltra nei campi. Piú che camminare strisciavo e, strisciando, m'ero coperto di fango dal muso alla punta della coda. Avevo una gamba ciondolante; e da metà della testa mi pendeva la pelle, lacerata da un potente morso del Rosso. «Oh Dio, che è quello?» esclamò Pa stralunato. Beh, "quello" ero io, anche se devo ammettere che riconoscermi non sarebbe stato facile per nessuno.

Pa, il vecchio Pa, senza frapporre indugi, mi solleva letteralmente da terra e m'infila con la maggior cautela possibile nel mio logoro contenitore. Quando le ritira, ha le mani sporche di sangue. Pa crede di avere un buon rapporto con il primitivo e con il selvaggio, e la lunga pratica del Gattuomo lo ha, un po' ingenuamente, confortato ancor di piú in questa persuasione. Ma il suo rapporto con il primitivo e con il selvaggio ha un limite invalicabile: l'esperienza del sangue. Pa, in realtà, non riesce ad accettare l'idea che ogni corpo vivente sia un gran serbatoio di quel liquido primordiale, senza il quale la macchina non riuscirebbe ad andare. Si sente piú tranquillo a pensare che si tratti di un funzionamento asettico, quasi robotico. La sua esperienza del primitivo s'è fermata alla superficie: piú in là della pelle Pa non ha il coraggio di andare. Ora, all'improvviso, scopre di quanto sangue è fatto il mio organismo, e non regge alla prova. Deve correre in casa a prendersi qualcosa. In auto, questa volta, non faccio come al solito «Mao, mao, mao...» Questa volta sto proprio zitto. Risparmio il fiato, come si dice, perché sento che il mio fiato se ne sta andando tutto, insieme a quella materia liquida e scivolosa che continua a uscirmi dalla testa e da altri fori sul corpo.

Arriviamo a una casa ai margini del paese. Sulla soglia ci aspetta un uomo giovane e forte, che da questo momento chiamerò Doc, con grandi mani dalle dita a spatola. Indossa un camice bianco immacolato. Pa e Doc parlottano, poi Doc solleva il mio contenitore e lo depone sopra una specie di lettuccio. Doc ha mani forti ma nude. Pa l'osserva preoccupato: «Guardi, Doc, che Micio Nero...» Doc sorride, armeggia con la porticina del mio contenitore, l'apre e mi afferra abilmente per la già tormentata collottola. Questo è un gesto classico, da manuale, semplice e infallibile: «Afferrare i gatti per la collottola li rende inoffensivi». I gatti: ma io sono Micio Nero. Non appena Doc prova a tirarmi fuori in codesto modo dal contenitore per depositarmi sul lettuccio, mi esibisco nel mio pezzo di bravura piú spettacolare. Nonostante Doc mi afferri saldamente per la collottola, io mi rovescio completamente su me stesso e azzanno la mano che mi tiene. Doc molla la presa e io schizzo via, imbrattando di sangue ogni cosa, a cominciare dal camice bianco di Doc. Doc si guarda calmo e stupito la mano e dice: «Non mi era mai capitata una cosa del genere in vita mia». A Pa, a sua volta, non era mai capitato di trovarsi di fronte a una simile profusione di sangui diversi ed è sul punto di cadere a terra.

Doc versa sulla mano un liquido dall'odore penetrante, poi s'infila un paio di guanti. Apre una porticina e pronuncia un nome. Compare un umano piú alto e piú giovane di Doc: guarda la scena con aria perplessa e s'infila un paio di guanti piú pesanti di quelli di Doc. Beh, cosí, in due, corazzati, e per giunta io ferito e sanguinante... Dopo una strenua lotta m'afferrano, mi tengono steso sul lettuccio e Doc m'affonda un coso pungente nella schiena. Dopo un tempo incredibilmente breve, – una manciata d'istanti non sgranati in percepibile successione, – non so piú chi sono, non so piú dove sono, non so piú se ci sono.

Il tempo che trascorro nel buio è stato davvero infinito, incalcolabile. Dunque, mi dico svegliandomi, c'è una tenebra che viene da dentro, come quella del giorno viene da fuori. Mi ritrovo come per prodigio accanto al focolare: ho la testa tutta ricuccita e imbacuccata di garza, una specie di largo collare intorno al collo, la gamba, come si dice, steccata. Doc ha fatto un buon lavoro. Mo mi prepara piattini che non mi sono mai sognato. Pa legge accanto a me ore intere. E io ho tutto il tempo per meditare, anzi, per dirla tutta, questa volta, anche se volessi, non potrei far altro che questo.

Passa altro tempo, non saprei dirvi quanto, ma certamente parecchio. Ora sono molto, molto piú vecchio di Pa, che pure ha sempre piú capelli bianchi sulla testa. Semplicemente, come ho spiegato un'altra volta, l'ho scavalcato e lui non potrebbe piú, neanche se lo volesse (come qualche volta è tentato di fare), raggiungermi. Trascorro la maggior parte della giornata sulla loggetta, assumendo di volta in volta la posizione strategica che mi consente di godere continuativamente, dalla mattina alla sera, del raggio di sole. Intorno alla casa, a distanze regolari, torno a imprimere come sempre il mio marchio: e se qualche correligionario, o sconsiderato o arrogante, supera quel confine, io abbandono il mio osservatorio e scendo nonostante tutto a contrastarlo. Preferirei non farlo. Ma non posso non farlo. Del resto, ho notato che la maggior parte degli invasori, quando io li affronto, volgono le spalle e se ne tornano da dov'erano venuti, come consapevoli di aver commesso un'infrazione al codice fra noi vigente. Cosí, se non mi proteggono le mie ormai deboli energie, mi dà un qualche respiro la forza delle consuetudini e delle costituzioni.

Però mi rendo perfettamente conto che mi sono rinchiuso da solo dentro una fortezza periclitante e al tempo stesso oppressiva. Non sono gli altri che non possono entrare: sono io che non posso uscire. Gli altri rinunciano a battersi con me solo perché hanno il mondo intero a disposizione: che se ne fanno di questa modesta piazzaforte, dei cui benefici non potrebbero comunque godere? Io sto qui, sempre piú solitario, sempre piú riflessivo, perché non posso evadere dallo spazio chiuso che mi sono costruito. Eppure, credetemi, se potessi non esiterei un attimo a ributtarmi fuori della porta del mio maniero e a ricominciare il giro pazzo delle notti senza fine. Perché il desiderio continua a tormentarmi, se non posso piú soddisfarlo?

Cosí sono arrivato a capire che anche l'esperienza ha un limite. Niente di straordinario, direte voi. Beh, vi assicuro che i gatti non se ne rendono conto finché non ci sbattono il muso. Davvero? Sí, davvero. Noi, e quelli come noi, pensiamo a lungo che l'esperienza non abbia fine e che, anno dopo anno, non debba che proseguire e all'infinito mutare e rinnovarsi. Chi ha detto che debba finire? Beh, sembra che qualcuno di molto autorevole l'abbia detto. E il brutto è che non c'è niente da fare: questa, a quanto pare, è una strada su cui non si torna indietro, si può andare solo avanti.

L'esperienza si allarga, si allarga, si allarga, sembra che sia destinata a non smettere mai, poi a un certo punto smette e da allora comincia a rimpicciolirsi. Da quel punto in poi si sta reclusi in una postazione sempre piú ristretta. Diminuisce l'azione, aumenta la riflessività. Quanto allo slancio dei movimenti ormai non valgo quasi piú niente, ma il mio sguardo è diventato piú penetrante (chissà se sarà cosí fino alla fine). Chi come me ha avuto la vocazione dell'eroe, deve limitarsi a contendere alla segregazione qualche piccolo spazio aggiuntivo, qualche modesto segnale di libertà, soprattutto nel dominio dell'immaginazione. Ma è una guerra che si combatte soprattutto contro se stessi e i propri limiti: non dà gloria e non consente illusioni. Invece di crescere, ci si smagrisce: è un gioco di sottrazioni progressive, in cui ogni giorno si perde qualcosa. Il nostro corpo non è piú nostro, non ci appartiene piú, è di questa dispersione che lo possiede, ormai incontrollabile. La crescita si è spostata altrove, e noi possiamo guardarla solo da lontano.

3. Cosa c'è all'inizio di ogni nuova storia? Una nascita

La pancia cresce ogni giorno di piú. Pur non essendo in grado di vedermi, lo capii il giorno in cui, partendo di gran lena per una galoppata tra uliveto e bosco, m'accorsi che c'era qualcosa che mi tirava verso il basso e mi ancorava alla terra. Essere incinta per una femmina (che del resto è l'unica in grado di sperimentarlo) significa proprio questo: radici escono dal tuo corpo e si piantano intorno a te, ovunque tu sia. Per diverse settimane fui radicata sempre di piú in quella terra dove avevo scoperto che la promessa di Mami – che ci fosse un luogo appositamente pensato per i cani, senza confini né barriere – non era una speranza infondata, ma una realtà corposa, non solo uno spazio dell'anima (come forse anche è, e come qualche scrittore fantasioso dice), ma un posto dove vivere, e vivere bene.

Quando questo accadde, non mi limitai a mostrare i denti ai miei corteggiatori, glieli feci assaggiare. Ero diventata un'altra cosa. Anzi, ero tornata a essere un'altra cosa, quella che ero stata piú o meno quando ero arrivata: una vergine, o come una vergine, ma con dei figli nella pancia. Una femmina incinta è tutt'e due le cose insieme: una fanciulla ammantata di ritrosia adolescenziale; e una donna matura, che ha già scoperto (o almeno sta facendolo) i misteri fondamentali dell'esistenza. Per tenere in equilibrio queste due cose, e per non perderne nessuna delle due, alle femmine cane viene tolto provvidenzialmente il demone del desiderio, che invece continua a insidiare almeno di sfuggita le umane. Non sono mai stata cosí serena e tranquilla, cosí pacificata e contenta, come quando aspettavo quei miei cuccioli.

Capivo che nell'aria c'era molta attesa. Po gironzolava inquieto, come toccato da un'oscurità incombente, nella quale avrebbe preferito non mettere per niente il naso. Ma mi teneva la zampa fra le mani, guardandomi con aria complice e affettuosa. Doc veniva consultato almeno una volta la settimana, prima nel suo studio, poi, a partire da un certo momento, in casa nostra, «per seguire l'evoluzione della gravidanza». Fu lui tuttavia a provocare involontariamente un parapiglia. Un giorno disse: «Ancora una settimana». Poi aggiunse: «Grosso modo». Fu un grosso modo grosso assai, come vedremo.

Ma partí per la metropoli, per una delle sue innumerevoli beghe. Po stava al piano di sopra, immerso nei suoi soliti inutili esercizi intellettuali. Nelle cantine io occupavo una cuccia gigantesca, approntata per l'occasione, foderata di coperte e tappeti di prima qualità. Nella pancia cominciò a scatenarmisi un tumulto ignoto. Era come se tutto quello che avevo dentro avesse deciso di venir fuori. Io non ne sapevo nulla: presi ad agitarmi. Il tumulto, invece di placarsi, cresceva: non potei fare a meno di lamentarmi, sebbene all'inizio a mezza voce. Ma il tumulto continuava a crescere e la spinta impetuosa di ciò che da dentro voleva uscir fuori si fece talmente intensa da procurarmi dolore. Gridai. Il dolore divenne piú forte. Gridai piú forte. E man mano che il dolore diventava sempre piú forte, io gridavo, gridavo con quanto fiato avevo in gola. Una cosa mi uscí da dentro: era una minuscola creatura vivente, che, non appena deposta, cominciò a strisciare avvolta da un velo trasparente. Un piccolo capo e due occhi chiusi, anzi serrati come finestre senza sbocco, furono i particolari che mi colpirono di piú. Al dolore s'aggiunse un'agitazione sconfinata: cosa diavolo mi stava capitando? Cosa, cosa, cosa avrei dovuto fare che nessuno m'aveva insegnato? Ululai a piú non posso, metà di dolore, metà di terrore. Aiuto, aiuto, aiuto! Correte ad aiutarmi, non restatevene lí inerti dove siete, ovunque voi siate!

Si spalanca la porta, vedo Po sulla soglia con gli occhi sbarrati, ai suoi piedi quel misterioso involucro di materia assurdamente si agita, io balzo verso Po gridando: «Po, per favore, aiutami, aiutami!» Po si mette le mani nei capelli, grida anche lui dal terrore, non sa che pesci pigliare. È la prima volta che Po si trova faccia a faccia con il grande mistero della genesi, l'atto elementare e sanguinoso della nascita.

L'infanzia di Po è stata sovrastata dal mito-immagine di Maria Vergine. Capirai. Doppio, anzi triplo salto mortale. Prima bisognava riuscire a immaginare una donna che partorisse, e già questo, con le limitatissime conoscenze messe a disposizione dalla famiglia e dalla società circostante, era per Po bambino un esercizio di alta acrobazia intellettuale (anche nel senso letterale del termine; da dove usciva, come usciva, chi e come l'aveva messo dentro, ecc. ecc.); per giunta, difficoltà ulteriore, quella donna che partoriva bisognava crederla vergine senza perplessità alcuna, il che, anche a una intelligenza assai limitata come la sua, appariva una contraddizione in termini (per giunta, la verginità, non solo quella delle altre, amiche e compagne di scuola o leggiadre fanciulline conosciute ai giardinetti, ma anche, anzi soprattutto la sua, era stata uno dei miti negativi della sua infanzia e della sua adolescenza, lo scoglio incrollabile su cui s'erano infrante tante sue voglie e tanti suoi sogni di possesso). Infine, da quello strano ircocervo, – la donna-bambina-madre-vergine, – non sarebbe apparso soltanto, come ci si poteva aspettare, quel bambinello paffuto e sorridente che, sdraiato a Natale sulla paglia del presepe, pareva felicemente ignaro del suo tragico destino futuro, ma addirittura il figlio del Dio creatore, quel personaggio davvero inattingibile che stava al di sopra di tutto e, in ogni momento della tua vita, sempre, trovava il tempo per stare lí a guardarti e giudicarti, qualsiasi cosa tu facessi. Vero è che a Po, in età decisamente piú matura, erano nate due figlie, motivo in sé e per sé sufficiente per acquisire qualche conoscenza in piú in merito a quel fatto misterioso che era per lui la nascita (alla pari del sangue). Ma Po aveva sempre preferito pensarle e ricordarle come quelle due deliziose bambocce sdraiate calme e tranquille, una volta concluso il parto, nelle loro linde cullette, quasi fossero arrivate, bell'e fatte, dal nulla. Mi aspetto che qualcuno di voi ora me lo domandi: insomma, Po credeva ancora alla cicogna? Non lo so, ma si comportava come se ci credesse.

Ai suoi piedi invece ora striscia, inerme come un povero bruco, quel grumo velato di vita, insanguinato da tutte le parti, e per giunta emette uno strido sottile, che è una richiesta di aiuto non dissimile dalla mia, ma piccola piccola, e perciò agli orecchi sensibili di Po ancora piú lancinante. Come in tutte le occasioni in cui gli capita qualcosa di straordinario, Po pensa che le cose speciali vadano affidate agli specialisti (se no, che ci starebbero a fare?): fa un passo indietro, allontanandosi con un balzo dal mistero che gli si è repentinamente incarnato lí sotto i piedi, sbatte la porta alle proprie spalle, risale di corsa la scaletta, si precipita a telefonare a Doc perché venga a dargli una mano. Il telefono di casa è isolato. Da poco tempo Ma ha regalato a Po un telefono cellulare. Po lo perde sempre; lo ritrova solo facendolo squillare con una chiamata dal telefono fisso. Il telefono fisso è isolato, Po non può chiamare il suo cellulare. Lo cerca furiosamente dappertutto, in mezzo ai libri, nel letto disfatto, in fondo al cestone della biancheria usata, dove spesso va a finire, infilato nella tasca di una camicia o avvolto nel moccichino dell'ultimo raffreddore. Infine lo ritrova nel cassetto dove tiene le penne e le matite. Po preme furiosamente i tasti, quando ha la comunicazione grida il suo messaggio senza aspettare un istante: «Doc, venga presto, Contessa sta partorendo i cuccioli, i cuccioli, i cuccioli!» A stento capta nell'apparecchio il suono di una voce femminile, che tenta vanamente di aprirsi una strada nel getto alluvionale delle sue parole. Dopo un po' riconosce un timbro inconfondibile: è quello di sua figlia Lotti. Senza pensarci un istante chiude la comunicazione. Riprova. Al terzo tentativo fatto con furia incontrollabile, raggiungendo non si sa come sempre il medesimo numero, Lotti, imponendosi al diluvio di parole, riesce a chiedere: «Pa, ti senti bene?» Po sa che nel linguaggio di Lotti, che è mite ma inflessibile, questa domanda ha il medesimo valore dell'espressione spesso usata nei suoi confronti da Ma: «Allora è definitivamente assodato che ci sei». Po, senza neanche rispondere, questa volta riattacca furioso: pensa che neanche le figlie hanno rispetto per lui, nemmeno nei momenti piú tormentati e difficili. Al quarto tentativo sente la voce di Doc, e ripete la sua litania. Doc capisce che non è il caso di tergiversare e dice: «Vengo subito».

Dopo dieci minuti è lí. Doc e Po aprono la porta: ora nella grande cuccia gli esserini sono diventati tre ma, oh miracolo!, sono tutti e tre liberi da qualsiasi incomodo velame e puliti e lustri come dei signorini di prim'ordine. Ho imparato presto come si fa, senza aspettarmi aiuto da quell'infingardo del piano di sopra. Doc fa un gesto a Po come per dire: «Visto? Che le avevo detto? Contessa sa benissimo cavarsela da sola». Invece, mi fa una puntura: serve, piú che ad aiutare me, a tranquillizzare Po, il quale, tuttavia, continua a smaniare, come se quegli esserini che strisciano a terra di qua e di là fossero usciti dal suo ventre e non dal mio.

La cosa va avanti fino a mezzanotte. Alla fine, intorno a me, esausta, ce ne sono sei. Po, se ci fosse qualcuno lí a porgli la domanda, si dichiarerebbe piú esausto e stremato di me. A proposito: insieme a noi soffre e si lamenta da lontano Ma, informata da Po con piú di un'apocalittica telefonata. Ma consulta alcuni dei suoi potenti referenti ferroviari: chiede se un treno della notte non potrebbe essere fatto fermare eccezionalmente alla stazione secondaria dove in genere cominciano e finiscono i suoi viaggi per la metropoli, o se non sia possibile almeno rallentarne la corsa, in modo che lei ne possa scendere con un balzo alla stregua di un'acrobata mongola. Freddamente le richieste di Ma vengono una dopo l'altra respinte: il mio parto non viene considerato in alto loco un evento d'importanza paragonabile a una calamità nazionale e lei è ridotta a trascorrere la notte in città in una condizione di fremente attesa.

A mezzanotte io mi addormento con i miei sei pargoli intorno. Po rientra barcollante in casa e s'addormenta anche lui. Alle sei e mezza lo sveglia una furibonda scarica di clacson. Ma, non potendo prendere l'ultimo treno della notte, ha preso il primo del mattino. Po scende in stato di trance la scaletta, portando in mano le chiavi della cantina. Prima che possa usarle, Ma gliele strappa di mano, balza verso la porta e l'apre.

Devo dire che lo spettacolo, se l'avessi preparato, non sarebbe riuscito migliore. Era piena estate: a quell'ora, dalla porta spalancata, entrava un fiotto di luce che mi colpiva in pieno. Ero sdraiata verso il fondo, contro la parete della cuccia, ammorbidita da una grande coperta. Sul ventre mi premevano, con le loro zampette frementi, i sei bimbi, rosei anche loro come creature dell'alba, e succhiavano dalle mie poppe il loro primo latte.

Tirai su la testa e fissai negli occhi Ma: le pervinche s'erano fatte grandi come non le avevo mai viste. Ma si tirò accanto una vecchia sedia e ci si sedette, quasi non riuscisse piú a tenersi in piedi: e di lí, seduta, restò a guardarmi per un tempo che mi sembrò infinito.

Capii allora ciò che fino a quel momento avevo appena intuito. Ma metamorfa cosí bene, solo perché altrettanto bene si rammenta della nostra comune origine. O meglio, non se la rammenta: ce l'ha dentro a tal punto che le vien fuori tutte le volte che se ne presenta l'occasione. Genesis, nascita: che importa essere umani o animali? Nessuno, neanche i credenti, sa cosa c'è prima del risveglio, tant'è vero che nessuno ce l'ha mai raccontato (il *Genesis*, appunto, comincia da lí, ma prima?) Chi si sveglia, sa solo che s'è svegliato, che dallo stato di sonno è passato allo stato di veglia (e da quel momento comincia paurosamente a immaginare cosa gli capiterà quando sopravverrà il nuovo sonno, questa volta lungo, lunghissimo, anzi illimitato). Tutti quanti, nessuno escluso, – forse neanche la pianta, forse neanche la pietra, – siamo passati di lí, ecco perché tutti quanti ci riconosciamo cosí facilmente in quell'attimo, passeggero ma decisivo, in cui siamo transitati come meteore dall'ombra alla luce (per ripercorrerlo un giorno all'indietro, esattamente con le stesse modalità, ma retroverse, anch'esse uguali per tutti, umani e animali).

Capii che anche Ma in quel momento era illuminata da questa rivelazione. Stava seduta su quella vecchia seggiola, con i suoi abiti da viaggio stazzonati, e il sole estivo, sempre piú splendente, le illuminava da dietro i capelli biondi e le faceva come un'aureola intorno alla testa. Cosa le importava se quei sei bimbi erano miei, se erano usciti dal mio orifizio, del resto tanto simile al suo? Lei stava pensando che quei sei bimbi erano suoi, li aveva fatti lei insieme a me, anzi, li aveva fatti lei con quel medesimo corpo con cui cosí splendidamente metamorfava con me, e che perciò era nella stessa misura sia suo che mio, sia mio che suo. Ci possono essere bambini procreati contemporaneamente da femmine di specie diverse, al di là degli orribili intrugli genetici di cui gli umani mostrano d'essere capaci? Io e Ma provammo con la nostra viva esperienza che era possibile. Fu cosí che i miei sei figli ebbero una doppia madre, e c'è qualcuno che ancora se ne ricorda.

Nei giorni successivi, l'uno accanto all'altro, premendomi dolcemente il ventre con i loro unghiolini, non fecero che succhiare da me il nettare che li rendeva ogni giorno piú grandi. Sapete cosa fa un piccolo cane nelle prime settimane di vita? Cresce. Bella scoperta, direte voi. Certo, cresce: questo lo sanno tutti. Quel che pochi sanno, e pochissimi riescono soltanto a immaginare, è la violenza, la continuità espansiva, l'irruenza, con cui la crescita si verifica. Dopo qualche giorno i sei bambini (bambini, sí) avevano già cambiato forma e io riuscivo ormai a distinguerli l'uno dall'altro: uno era piú chiaro, l'altra piú scura, la forma del naso di quello piú marcato, la bocca di quell'altra piú larga, e gli occhi, una volta spalancati, rivelavano gradazioni diverse dello stesso colore, che era, piú o meno, quello dei miei occhi. Traballando come piccoli gnomi inesperti, correvano in tondo nella grande cuccia, cercando di mordersi l'un l'altro la coda. Facevano le prove, per diventare ognuno un giorno un cane costruito a modo suo. Ma intanto, prima che questo fosse lontanamente possibile, mi si affollavano intorno di continuo: nella fase della dipendenza e del bisogno io ero la loro fonte di vita, il centro dell'intreccio, il fulcro dell'esistenza appena cominciata. Il padre questa volta era conosciuto, ma lontano nel tempo e nello spazio; superfluo come un qualsiasi altro cane della terra. Lí c'ero io, madre. E per la prima volta in vita mia m'accorsi che tutto, ma proprio tutto, dipendeva da me. Gli altri erano comparse.

Un giorno la porta della cantina era rimasta spalancata, la luce entrava come un fiume impetuoso: sulla soglia comparve Misch'ò. Ma com'era cambiato! Magro, anzi magrissimo, con la bella pelliccia nera quasi spelacchiata e i grandi occhi verdi infossati nelle orbite. Diede un'occhiata all'interno, vide la sfilata dei cuccioli poppanti, sembrò preso da una lontana reminiscenza, si sedette senza entrare e si fermò lí. Lui mi guardava e io lo guardavo. Non aprí bocca. Restò lí a lungo. Mi distrassi un istante a leccare uno dopo l'altro i miei cuccioli. Quando rialzai la testa, lui non c'era piú.

4. *Un lampo di luce nera*

Tutto cominciò all'inizio dell'estate: di *quella* estate. Mentre mangiavo tranquillamente nella mia ciotola, una fitta di dolore emerse dal nulla e mi attraversò una zona del corpo che poteva stare fra lo stomaco e il cuore. Cambiai istantaneamente posizione, come facevo quando un insetto fastidioso mi pungeva, ma la fitta restò lí, immobile. Finii di mangiare con disagio, aspettando con ansia che il dolore sparisse. Ma il dolore non se ne andava: anzi, aumentava. Devo dire che, per un certo periodo, coltivai l'ingenua illusione che, spostandomi rapidamente da dov'ero (come avevo cercato di fare la prima volta), avrei spiazzato il dolore, lasciandomelo lí e non portandomelo dietro. Per questa ragione saltavo continuamente come un indemoniato da un punto all'altro della stanza dove mi trovavo, e infatti Pa e Mo, spesso, osservandomi, si dicevano fra loro: «Che diavolo gli succede a Micio Nero?» Capii presto che il dolore veniva da dentro e che, spostandomi velocemente, non avrei fatto altro che portarlo velocemente con me. Il meglio e il peggio della vita vengono sempre da dentro, chi vi racconta il contrario non sa di che parla. Perciò mi persuasi a poco a poco che non me ne sarei liberato tanto facilmente e mi predisposi a una lunga resistenza.

L'effetto piú immediato del dolore fu che perdetti la voglia del cibo. Cosí io, che ero noto per il robusto attaccamento ai piaceri della ciotola (oltre che ad altri piaceri, di cui a suo tempo s'è parlato), cominciai a rifiutarmi di mangiare. Anzi, non appena infilavo il naso nella ciotola me ne veniva un disgusto cosí forte che ero costretto ad allontanarmene il piú in fretta possibile. I salti qua e là per le stanze non avevano prodotto l'allarme che generò invece quest'astinenza. Pa e Mo fecero le loro telefonate e Doc, che mi aveva a suo tempo rappezzato, diventò di casa. Gocce, pillole, e ogni tanto qualche puntura a tradimento entrarono a far parte della mia vita quotidiana. Dopo che Doc era riuscito con qualche stratagemma a farmi penetrare l'ago nella collottola, cadevo in un sonno profondo: ma non era il dolce sonno dei bei tempi andati. Quando mi svegliavo, non ero piú forte ma piú debole, non piú limpido ma piú torbido e confuso; a stento sorbivo un po' di latte caldo, approfittando della temporanea assenza di dolore, poi mi riaddormentavo di colpo, precipitando in una buia voragine fitta di incubi. Quando mi risvegliavo, la spina dolorosa c'era tutta di nuovo e io pensavo che non avrei mai pensato che pervenire al limite dell'esperienza dovesse costare un tal travaglio da non poter essere né descritto né raccontato. Se era vero che si poteva solo andare avanti e che era impossibile tornare indietro, se questa strada era obbligata, se non c'era altra scelta, perché andare avanti come qualcuno ci aveva comandato doveva costare tanto sforzo e tanta sofferenza?

Basta, non voglio tediare nessuno, soffermandomi troppo a lungo sugli aspetti piú penosi della mia storia. Ho scoperto che ci sono cose che possono essere dette solo molto imperfettamente. Neanche un grandissimo narratore, neanche il mio preferito e ammirato Flaubert, avrebbe potuto trasmettere a un altro, – e neanche al lettore piú sensibile e attento, – la percezione precisa ed esattamente riprodotta di un solo istante, di un frammento minuscolo di un dolore come quello che io allora provavo. L'inanità della letteratura, come del resto di qualsiasi altra forma di comunicazione, umana o animale che sia, si misura su questi casi estremi. Anche la letteratura, sí, anche la letteratura, come tutto, è connotata dal limite dell'esperienza: può arrivare fino a un certo punto, magari altissimo, magari sublime, ma al di là di quel punto torna a irrompere la furia devastante e caotica della vita, che non può essere né detta né riprodotta, che nessuno, se non un altro vivente nella sua vivente esperienza, può riprodurre e conoscere.

Siccome non potevo piangere, poiché l'avrei considerato disonorevole (e comunque, anche se avessi voluto, come ho già spiegato, non ci sarei riuscito), i miei occhi invece di sciogliersi si pietrificarono. Siccome la mia voce, nonostante i miei sforzi di controllarla, mi sarebbe uscita dalla bocca deformata e vacillante, scelsi di tacere: da quel momento in poi divenni, non silenzioso, ma muto, rinunciai a produrre suono alcuno. E dimagrii prodigiosamente: le costole erano diventate tutte visibili come un'antica armatura sotto la pelle raggrinzita e spelacchiata, il muso mi si era scheletrito. Circolavo per casa lungo brevi percorsi alla ricerca di un rifugio.

A quel punto non mi restava altro che la dignità. La quale, del resto, per un gatto è il sommo valore. Dignità in quelle condizioni coincideva per me con solitudine. Desideravo sommamente restar solo, per non vedere, per non farmi vedere. M'infilavo non visto in tutti i cassetti, negli armadi, nelle cassapanche, e restavo lí nascosto per ore. Pa, quando mi trovava, mi cavava fuori gentilmente dai cumuli di camicie, maglioni, coperte, tovaglie, tra i quali avevo trovato rifugio, e mi depositava sul divano. Ma il divano, per quanto comodo, non offriva né riparo né protezione: dopo un po' ero costretto, sebbene a fatica, a riprendere la mia peregrinazione. Finii per infilarmi nel ripiano inferiore di un tavolinetto di vimini, appoggiato su due lati all'angolo di una parete. Protetto a destra e a sinistra, non avevo altra possibilità che guardare il mondo che mi rotolava davanti, senza che il mondo potesse troppo guardarmi. Di notte, al buio, se una debole fonte di luce illuminava di sguincio la mia postazione, Pa e Mo vedevano brillare di una luce fredda e ostinata i miei occhi, nei quali concentravo la mia forza residua.

Il mio piacere si era ridotto alle carezze di Pa e di Mo. Lo confesso: il dolore piú terribile non aveva cancellato il piacere dell'affetto. Quando le loro mani scendevano su di me, trovavo l'energia necessaria perché la mia testa, nell'accoglierne la lieve, delicata pressione, reagisse respingendole indietro con altrettanta dolcezza (come in ogni occasione di carezza, ieri, oggi e anche in un lontano futuro, sempre ha fatto e sempre farà un gatto che si rispetti). E la curiosità… Altro che la speranza: la curiosità, questa mia lontana primigenia caratteristica, fu la piú dura a morire. Che succede? Che c'è? Chi c'è? I fili dell'intreccio, – del nostro intreccio, – per quanto lacerati dal mio dolore, erano ancora tutti lí a sorreggermi in alto. Se non ci fossero stati, sarei precipitato di schianto, come un peso ormai del tutto inutile, nella buia voragine.

Un giorno c'era stato un gran trambusto al piano di sotto e Pa era passato e ripassato infinite volte davanti alla mia postazione, con quell'aria agitata che assume tutte le volte (e gli capita spesso) in cui non gli riesce di far fronte a una situazione. Che era stato? Passò qualche tempo e io misi cautamente le mie zampe anteriori fuori del mio rifugio. Mi reggevano. Mi tirai fuori per intero (quel tanto di me, voglio dire, che era restato), attraversai la stanza. Non c'era nessuno. La porta a vetri era spalancata: entrava un fiotto di luce senza confini, luce allo stato puro, primordiale, mescolata a profumi e odori di ogni genere. Là fuori si stava celebrando di sicuro una gran festa. Arrivai alla scaletta: uno dopo l'altro, fermandomi a ognuno, scesi i gradini. In fondo anche la porta della cantina era aperta: mi spinsi fin là, misi il muso dentro. Sulla parete di fronte, in una grande cuccia, c'era Hon'es'à distesa, e attaccati alla sua pancia, in trepida agitazione, stavano sei esserini rosei, dai ventri deliziosamente bombati. Ah, ecco, pensai: ecco di che si trattava. Lontana, nel tempo e nello spazio, riemerse dalla mia memoria la scena di Momma, Primo, Secondina, io e Quarto, tutti coricati l'uno sull'altro in un abbraccio solidale sotto il vetusto camper della Nomentana. Ah, ecco, di questo si trattava. Hon'es'à aveva dato inizio a un nuovo ciclo: dunque, a una nuova storia. Peccato, mi sarebbe piaciuto prendervi parte. A quel punto Hon'es'à s'accorse della mia silenziosa e ormai quasi invisibile presenza: sollevò la testa e mi guardò. Mi guardò a lungo e intensamente, e io a lungo la guardai, molto, molto intensamente. Poi mi voltai e me ne andai.

Il dolore crebbe ancora, divenne totalmente possessivo, sempre piú indescrivibile. Non il dolore viveva in me: io vivevo in quel dolore. Era come se il mio corpo fosse diventato il passivo, inerme e tormentato contenitore di una forza violenta che agiva per conto suo, lo squassava con aggressioni crescenti, non gli dava un momento di requie, un istante di sollievo. Ero prigioniero di quel dolore come un povero schiavo annegato di sofferenze nel fondo di una galera a vita. Avevo sentito dire piú volte nel corso della mia lunga esistenza: ha avuto il coraggio di affrontare il dolore. Coraggio? Che coraggio? Io di coraggio, in quanto gatto e in quanto Micio Nero, ne avevo avuto e ancora, nonostante tutto, ne avevo da vendere. Ma a che mi serviva di fronte al dolore, di fronte a *quel* dolore? Si ha coraggio nell'affrontare una scelta difficile, nel decidere quale percorso imboccare, nel tener testa a un nemico che si sa magari micidiale, ma è visibile, scoperto. Io non avevo scelta, non dovevo decidere nulla. Dovevo solo, del tutto inerme, fronteggiare una cosa enormemente piú grande di me, che mi stritolava giorno per giorno, senza che io potessi farci nulla. Era molto peggio che mettere a rischio la propria vita affrontando il Rosso: era come combattere contro il proprio destino, sapendo in ogni momento e fin dall'inizio di non potercela fare.

Quando Doc arrivava, ormai si limitava a scuotere la testa e non mi metteva neanche piú le grandi mani addosso. Un giorno lui e Pa, in un angolo della stanza, confabularono a lungo. Pa aveva una ruga scavata in mezzo alla fronte, che, man mano che parlavano, diventava piú incisa e profonda. Insomma, per farla breve, stavano architettando fra loro uno di quei marchingegni, semplici e alternativi, che gli umani riserbano agli animali che amano e si guardano bene dal propinare ai loro simili quand'anche terribilmente sofferenti o, per dirla ancor piú brutalmente, del tutto e irrimediabilmente spacciati (si vede che vogliono piú bene a noi che a loro). Alla fine Pa chinò due volte, tre volte la testa e se ne restò lí immobile.

Il giorno dopo ricomparve Doc con una valigetta in mano. In mezzo alla sala c'è un tavolino di vetro, attraverso cui si può vedere da sotto quel che c'è sopra e da sopra quel che c'è sotto: Doc ci appoggiò la valigetta e l'aprí. Dentro c'erano siringhe, boccette, guanti. Doc fece a Pa un gesto con la mano come per dire: beh, ora è meglio che te ne vai. Pa mosse energicamente la testa da sinistra a destra, da destra a sinistra: no, no… No. Anzi, fu lui a prendere delicatamente dalla mia insolita cuccia le mie quattro ossa e a depositarle sul tavolino di vetro. Nel frattempo mi accarezzava la testa: la sua mano aveva una vibrazione insolita. Doc mi afferra per la collottola. Ecco, penso, è il momento di ripetere il mio pezzo di bravura: torsione del corpo su tutto il corpo, rapido rovesciamento della spalla, la mano di Doc selvaggiamente azzannata. Mi accorgo con triste stupore che non riesco a smuovere neanche uno dei miei muscoli. Ripeto una-due volte nella mia immaginazione tutti i movimenti previsti dalla procedura: niente. Resto vacillante sulle mie quattro zampe ancorato al tavolino di vetro. Un ago mi penetra nel dorso. E io precipito nel buio piú assoluto. Ma non tanto buio, e non tanto assoluto, da non percepire un altro e piú possente ago che penetra in quella parte del mio organismo da cui ha sempre pulsato e ancora, sia pure per un solo ultimo rapidissimo istante, pulsa la mia vita, e l'arresta, – l'arresta per sempre.

Ora giaccio sdraiato sul tavolino di vetro, e mi vedo, curiosamente, da sotto e da sopra, come avessi acquisito una doppia vista o almeno una doppia prospettiva, la testa appoggiata morbidamente su una delle zampe anteriori, l'altra zampa proiettata in avanti come a sostenere ancora il peso del corpo. Doc raccoglie i suoi arnesi, prende la valigetta, saluta gravemente Pa sulla soglia della porta a vetri, e vorrebbe dirgli: «Non mi era mai capitato che un umano se la prendesse tanto per la perdita di un gatto» (troppe in vita sua non gliene sono capitate a questo Doc). Invece si limita a stringergli forte la mano e se ne va. Pa, appena richiusa la porta a vetri, comincia a fare degli strani versi con la bocca: «Buu, buuu», e dagli occhi gli piove una tale cascata d'acqua che al confronto quella di Angelica tanti tanti anni prima sarebbe apparsa un modesto ruscelletto. Il fatto è che, se a un Gattuomo togliete il gatto, cosa resta? Resta un uomo, anzi, se mi è permesso, data la confidenza che ho con lui, un poveruomo, privato della potente componente immaginativa e contemplativa che gli era venuta dalla sua congiunzione con me. Insieme, eravamo un individuo superiore: separati, io sto di qua, fermato per sempre nella mia distanziata immobilità, e lui di là, tornato per sempre un uomo qualunque. S'è spezzato l'incanto, l'essere prodigioso è finito. Bisognerà che prima o poi lui si rassegni alla mediocrità quotidiana: ma troppo gliene dispiace.

Pa gira piangendo per le stanze. A un certo punto s'arresta: si sorprende a pensare che sta piangendo come ha pianto per suo padre e sua madre. Ehi, che enormità: piange per un gatto come per suo padre e, addirittura, sua madre? Pa vorrebbe trattenersi, ricomporsi: che strana follia è questa? Ma non può fare in modo che il suo pianto, le sue lacrime, la sua angoscia non siano magari diversi ma anche uguali a quelli.

C'è un pianto diverso da un altro? No, tutti i pianti, tutte le lacrime sono uguali, da quelli del bimbo che frigna perché cerca la poppa che non c'è a quelli, apparentemente immotivati, del vecchio che si volge indietro e contempla tutto quello che avrebbe potuto essere e non fu (e le lacrime gli scendono all'improvviso dagli occhi, tra lo stupore di quelli che gli stanno intorno, chiacchierando di chissà cosa, ma comunque di qualcosa di cui a lui non importa nulla). Il dolore, al pari dell'affetto, non si può suddividere come le fette di una torta: è la lancinante, irrimediabile percezione di una perdita, gatto, padre o madre che sia. Pa come sempre è confortato dal rigore del ragionamento, ma, invece di calmarsi e mettersi tranquillo, ora che ha scoperto di che si tratta, ricomincia a piangere piú di prima. Sí, Pa piange la perdita, quella perdita, forse la Perdita, la perdita che si produce ogni volta che una cosa, – qualsiasi cosa, vivente ma anche inanimata, – prima c'era e poi sparisce, sparisce per sempre, capite? Per sempre!

Pa il giorno prima s'è comprato un paio di scarpe sportive. Va a ripescare in cantina la scatola di cartone e la trova pesante e ben sagomata, adatta allo scopo. Mi c'infila dentro, badando a non scomporre l'atteggiamento che ha assunto il mio corpo. Lega la scatola con un nastro rosso da dolci. Prende la vanga, e insieme andiamo verso la siepe, là dove querce e ulivi quasi si toccano, attenti però a non confondersi, siccome sono amici, molto amici, ma diversi, molto diversi. Scava una buca profonda, mi ci cala dentro delicatamente, la riempie di terra, sopra la terra mette alcuni pietroni. Alla fine si asciuga il sudore e s'appoggia alla vanga. Ora gli è passata la voglia di piangere, siccome la fatica ha spinto il suo organismo in un'altra direzione (come, ahimè, capita in tutte le cose della vita). Poi torna verso casa, trascinandosi dietro la vanga.

In quella nuova cuccia c'è un buio profondo, ma il dolore è sparito. Siccome io non ho la minima paura del buio, la scomparsa del dolore mi riempie di una soddisfazione assoluta. È come riscoprirsi integro dopo mesi di disperata disgregazione. Io non ci sono piú, è vero, ma insieme a me è scomparso quell'atroce dolore che cosí a lungo mi ha accompagnato. Se potessi, mi stirerei tutto, come facevo ogni volta che una sensazione deliziosa m'invadeva. Siccome non posso, mi concentro ancor di piú nella mia prediletta auscultazione dell'essere.

La prima cosa che incontro nel mio nuovo percorso mentale è il senso di quello che è stato. Non ho piú nessun bisogno di pensarlo per vederlo. C'è, e ci sarebbe ormai, anche se non lo pensassi. Quel che è stato si è staccato da me, o io mi sono staccato da lui: lo posso contemplare come un bel film perpetuamente in proiezione, che, non appena finisce, ricomincia. Dovevo diventare incorporeo per arrivare a capirlo cosí facilmente, cosí felicemente. Forse, come qualche pensatore amato da Pa ha detto, è la materia che fa velo allo spirito; tolta la materia, lo spirito soffia dove vuole. Piú semplicemente io credo che, se si è molto concentrati, si pensa meglio: e chi è, per dirla con appropriatezza, piú concentrato di me? Dunque, questo in sintesi è stato: noi, – io, Micio Nero o, come qualcuno preferisce, Misch'ò, Pa e Po, Ma e Mo, Hon'es'à o, come qualcuno preferisce, Contessa, – noi siamo la prova vivente che il destino esiste: non avevamo nessun motivo d'incontrarci, e ci siamo incontrati; non avevamo nessun motivo di amarci, e ci siamo amati. Siamo venuti dai quattro punti cardinali per trovarci in un solo, miracoloso punto, – il nostro punto, il nostro chiasma, il nostro intreccio, – e solo quando ci siamo trovati e ci siamo amati abbiamo saputo che c'eravamo, noi, e insieme a noi quelli che verranno dopo di noi. Questo è il segreto. Senza ombra di dubbio c'è una catena. Se siamo dentro quella catena, non saremo perduti. L'importante è starci. L'importante, se se ne è usciti, è rientrarci.

È per questo che, dalla mia cuccia profonda, ora aguzzo l'orecchio: aspetto un segnale che le cose stiano come penso. Passa ancora qualche giorno. Nella campagna soprastante, e persino intorno a me, nelle buie viscere della terra, tutto quel che è vivo non smette di crescere. Persino la rosa che vive sopra e attraverso di me prolunga le sue radici in qua e in là con forza rinnovata e io, che sono ormai tutto udito, sento come quelle radici si stiano scavando la loro strada nel corpo possente e uniforme, ma non impenetrabile, dell'argilla circostante. Bene, anche questa è una risposta: ma vorrei di piú. Ah, ecco, la mia attesa è premiata. Sopra di me, proprio sopra di me, quasi volessero trasmettermi un messaggio, avverto un allegro, precipitoso, sfrontato calpestio infantile: dudún dudún: Primo; subito dopo: dudún dudún: Secondo; un attimo di pausa, poi dudún dudún, e dudún dudún: Terzo e Quarta; un istante d'attesa, dudún dudún: Quinta; e dudún dudún: Sesto. Nient'altro? Silenzio. Silenzio. Silenzio. Possibile che... Ma ecco! DUDÚN DUDÚN, DUDÚN DUDÚN: Hon'es'à! Pacificato, tranquillo, smetto di ascoltare e mi addormento.

Ma la storia non è finita qui. Come del resto vi hanno già rivelato le righe precedenti, è vero, è proprio vero quel che un tempo tutti sapevano e credevano, e oggi solo pochissimi: e cioè che lo spirito dei gatti neri resta a lungo a volteggiare nei luoghi dove hanno vissuto, e dove sono stati pietosamente sepolti. E non solo la loro ombra pseudofisica, una mera apparenza senza piú identità, ma un grumo ancora attivo e operante di quell'organismo felino che, come spero siate ormai persuasi, è dotato tanto di acume intellettuale quanto di una profonda capacità di affetti. Un'ombra semi-reale, che però sa di esserci e perché c'è, e sceglie di manifestarsi nei momenti in cui lo ritiene piú opportuno: per esempio, quando tutti direbbero che nell'aria tutto è immobile e morto, e qualcosa invece, che voi non siete in grado di avvertire, ma lei sí, si è mosso, inizia a fermentare, prolunga le sue vibrazioni anche sotterra (là dove io, perpetuamente in ascolto, le capto e come posso le ritrasmetto).

A febbraio da quelle parti fa davvero freddo. Nella rigidità dell'atmosfera circostante, persino di notte, alberi, piante, profili di case, siepi, sagome di muro si percepivano nell'oscurità come sagome taglienti. Ma sopra tutto, – sopra la casa, sopra i campi coperti di brina, sopra gli alberi stecchiti, sopra le siepi pungenti, sopra la mia piccola tomba, – si stendeva immenso, gigantesco come un'oscura caverna senza fine, il cielo stellato: limpido e terso piú che d'estate, costellato da una miriade di occhi che mi guardavano, e che io guardavo, cercando ogni volta vanamente d'interpretarne il senso misterioso, insondabile. Che mi volevano dire, che ci volevano dire, tutti quegli occhi? Volteggiando lí intorno, non facevo che chiedermelo, confuso com'ero anch'io fra un atomo e l'altro di quello sconfinato deserto. Ma gli occhi ammiccavano ammiccavano senza conceder nulla in risposta alle mie domande, se non una sorta d'incredibile, straordinariamente calda confidenza, come se, da quell'abissale distanza e da quell'apparentemente insuperabile estraneità, mi volessero dire: guarda, tu e noi, alla fin fine siamo della medesima pasta: non spaventarti, non sei solo.

Quando sotto quel cielo Pa accompagna Hon'es'à e Pepe (Pepe? chi è 'sto Pepe? Ma questa è la nuova storia) a fare l'ultima passeggiata prima di andare tutti a dormire, e l'aria intorno è fredda e ghiacciata come ai tempi delle mie trionfali scorribande, e loro tre, tutti intorpiditi, stanno fra il breve e scialbo cono di luce dell'unica lampadina ancora accesa e l'oscurità impenetrabile della notte (quell'oscurità nella quale io m'immergevo silenzioso e felice come una creatura del nulla), un lampo di luce nera gli sfreccia davanti agli occhi, gli gira intorno alla testa. Pa si passa una mano sulla faccia come per tirarsi via una ragnatela, poi pensa un po' malinconicamente: «Sto invecchiando». Ma no, caro, vecchio Pa: è la carezza puramente immateriale di un nero gatto proletario; è la modesta (come fu sempre fra noi) anticipazione dell'ultimo Nirvana, quello cui non sarà dato di anticiparne un altro, perché l'altro non sarà che questo, lo stesso, sempre e una volta per tutte. Affetti e coscienza, dopo tanto girovagare e rincorrersi (non si sapeva mai chi veniva prima e chi veniva dopo), sono diventati ora nell'assenza (che strano! proprio nell'assenza) una cosa sola. Dunque qualcosa di piú di quel che sapevo in principio l'ho imparato. So per esempio, e non potevo saperlo all'inizio, che sono tornato esattamente da dov'ero venuto. Il nulla originario? Ma no, non so, non m'intendo di queste cose. Del resto, qui intorno, in questa notte d'inverno che cova la primavera, c'è una tale confusione di forze che non mi riesce di veder nulla. Ah, nulla è il nulla? È una possibilità, mi piacerebbe che qualcuno mi desse una risposta. Ma, a parte il piacere, non saprei piú che farmene. Perciò preferisco continuare a giocare intorno alla testa sorpresa e sempre piú obnubilata di Pa finché posso: finché quel pulviscolo di atomi non mi avrà per sempre tutto conquistato e compreso. E al di là? No, no: basta domande. È giusto che ora al miagolio universale subentri il silenzio. Tacciano le voci. E tutti nel silenzio saremo piú uguali. Una volta non l'avrei mai accettato (chi, io, Micio Nero, finire? ma siamo matti!), ma ora ho capito che non posso non andare verso la conclusione. Tanto vale andarci allegramente.

Fatta quell'ultima passeggiata con Pa e con Hon'es'à e, ahimè, sí, anche con quello stupido Pepe, torno a riposare nella mia cuccia sotterranea, nell'atteggiamento in cui fui fermato quel giorno dallo spillone di Doc, la testa appoggiata morbidamente su una delle due zampe anteriori, l'altra zampa proiettata in avanti come a sostenere ancora il peso del corpo. Nelle mie uscite notturne primaverili si consumerà a poco a poco quel quoziente di energia che ancora sopravvive alla dispersione crescente degli atomi del mio corpo: fino a quel giorno, credo non lontano, in cui gli atomi residui si mescoleranno al vortice universale della materia, là dove sono destinati a incontrare di nuovo gli atomi di tutti coloro che sono stati, da Pa a Mo a Hon'es'à, di tutti coloro che ho conosciuto e di tutti coloro che non ho conosciuto, pensando, come capita a tutte le creature viventi, di andare avanti e invece non facendo che tornare indietro a quel momento lontano in cui c'era già vita ma non c'erano né la divisione né le distinzioni delle specie. Allora, finalmente, superate tutte le costrizioni delle identità e degli intrecci, delle diversità e dei linguaggi, saremo liberi, liberi e tutti insieme. Allora, solo allora, saremo, e per sempre, finalmente felici.

Indice

173

Stampato per conto della Casa editrice Einaudi
presso Mondadori Printing S.p.A., Stabilimento N.S.M., Cles (Trento)

C.L. 17276

Ristampa   Anno

3   4   5   6   7   8   9   2005   2006   2007   2008